JN125674

物

米澤穂信

Honobu Yonezawa

Combustible Substances

文藝春秋

目次

崖の下 5
ねむけ 49
命の恩 109
可燃物 163
本物か 219

写真　Jose A. Bernat Bacete
装幀　野中深雪

可燃物

崖の下

二月四日土曜日の午後十時三十一分、群馬県利根警察署に遭難の一報が入った。通報者はスキー場〈上毛スノーアクティビティー〉でロッジを経営する芥見正司で、一一〇番ではなく警察署に直接電話をかけ、夕食までに戻るはずの客が戻らないと訴えた。十時五十九分、最寄りの派出所から急行した警察官が芥見から事情を聞いたところ、埼玉県さいたま市から来た五人連れのスキー客のうち、四人と連絡が取れないことがわかった。

ただひとりロッジに戻っていた浜津京歌（三四）は、仲間と別れたのは午後三時頃だったと話した。浜津は四時頃にロッジに戻って仲間の帰りを待っていたが、日が没しても誰も戻らず、スマートフォンに電話をかけても出なかったので不安を募らせ、午後八時頃になって芥見に相談をした。

スキー場の夜間営業が終了した九時半になっても誰とも連絡がつかず、場内のパトロールに問い合わせても、浜津の仲間の行方はわからなかった。芥見は警察に通報するよう浜津に勧めたが、浜津はもう少し様子を見たいと主張した。それからさらに一時間が経過しても浜津は通報をためらっていたので、これ以上は待てないと判断した芥見が利根警察署に電話をかけた。

警察官の質問は、おのずから浜津に集中した。

浜津たち五人はいずれも三十代で、中学時代からの友人だという。午前十一時頃スキー場に到着し、ロッジに荷物を預けてスノーボードに興じた。五人全員がスノーボード経験者だがその技量には差があり、三人はウインタースポーツに慣れているが一人は初心者の域を脱しておらず、浜津に至っては二度ほど滑ったことがあるだけだった。彼らは午後三時頃、山頂近くまで登る第六リフトに乗った。リフトを降りると、五人のうちの一人がバックカントリースノーボードを試そうと提案した――コース外の、自然の中を滑ろうというのである。五人の中には反対する者もいたが、結局、面白そうだから試してみようという事になった。ゲレンデを滑ることもままならない浜津は仲間と別れ、一人で再度リフトに乗って下山した。

当日の天気はさほど悪くなかったが、夕方の短時間、風と雪が強まっており、山頂付近は暴風雪となったおそれが大きい。駐在所の警察官は事情を総合的に勘案し、四人は不充分な装備で山林に踏み込み、身動きが取れなくなったと判断した。ただちに利根沼田広域消防本部との連携が図られ、遭難救助の体制が整えられた。

翌五日の日の出を待って、警察と消防、地元の消防団や有志、それにスキー場のパトロールから成る捜索隊が出発した。〈上毛スノーアクティビティー〉は雪質や地形からバックカントリースノーボード、バックカントリースキーに向いていると言われ、毎年多くの愛好家が雪山に踏み込む。その中には不運な者や準備の足りない者もおり、遭難の発生はここ十年で四度目であった。捜索の経験者も多く、計画の立案から役割分担、捜索開始まで、対応はきわめて迅速に行われた。

捜索開始から二時間ほどが経過した午前八時四十七分、遭難者のうち二人、後東陵汰と水野正が、スキー場のコースから約三百メートル離れた崖の下で発見された。突発的な雪に方向を見失い、崖から転落したものらしい。水野はただちに担架で山麓まで運ばれ、応急処置ののち救急搬送されたが、後東はその場に残された。

死亡していたからである。

正午過ぎ、群馬県警本部の刑事部捜査第一課、葛警部が部下を率いて〈上毛スノーアクティビティー〉に到着した。

現場は崖の下である。先着していた鑑識課員と検視官は既にひととおりの仕事を終えており、刑事の現場立ち入りが許可された。葛は深い雪に足を取られながら、死体に近づいていく。

後東は、ほぼ垂直にそそり立つ崖の斜面に背を預け、目を見開いて死んでいた。首の左側から大量の出血があり、雪と、後東の左半身を赤く染めている。髭が伸びているのは、遭難によって剃れなかったためだろう。三十四歳という年齢にしては、まるで学生のように若く見える。

スノーボードを装着した足は、体の右側に不自然に捻じれている。着ているものはカーキ色のスノーボードウェアだが、ジッパーは下ろされ、肌着もまくり上げられて、腹部が露出していた。周囲にはネックウォーマーとニット帽、ゴーグル、手袋が脱ぎ捨てられ、それぞれの近くに鑑識の番号札が置かれている。葛は遭難者を見たことはなかったが、低体温症に陥った人間が錯乱し脱衣に至ることがあるというのは、むろん知識として知っていた。

検視官の主藤が葛に近づいてくる。互いに目礼を交わし、葛は前置きなしに訊く。

「ここらあたりの気温でも、自分で脱いだりするものか」

主藤は首を横に振った。

「人と場合によるとしか言いようがない。たとえば、肌着が濡れていれば体温が下がるのも早く、低体温で錯乱を起こすというのも充分に考えられる」

続けて、主藤が訊く。

「所見を話してもいいか」

「頼む」

「全身をひどく打っていて、骨も何ヶ所か折れていそうだ。死因は、頸動脈を刺されたことによる失血だな。死後十時間から十四時間といったところだろう。刺創は首の一ヶ所しか見られない」

鑑識課員が動きまわるさまを見ながら、葛が訊く。

「凶器はわかるか」

「先の尖ったものだ。いまはそれだけしか言えん」

葛は無言で頷いた。話は終わったというように、主藤は死体の傍らに屈みこむ。

犯人はまず間違いなく、と、葛は考える。水野正だ。十時間から十四時間前と言えば、二十二時から二時である。その時間帯この山中に第三者がいたとは考えにくく、ずっと被害者の隣にいた水野が犯人と断じていい。

いま、病院にいる水野には刑事を付けている。先ほど無線で、水野は意識不明の重体だと知らせてきた。

葛はスマートフォンを取り出した。電波が届いていない。谷間という地形的に電波が届きにくいのか、単にふだん人が立ち入らない場所だから基地局がないのかはわからない。いずれにしても、後東も水野も、電話で助けを呼ぶことは出来なかったようだ。

次いで、崖を見上げる。斜面は極めて急で、雪もほぼ付着していない。はるか頭上に雪庇(せっぴ)が張り出しているのが見え、その端からは凶悪な形状の氷柱(つらら)が垂れ下がっている。葛は手近な部下を呼び、頭上を指さす。

「上まで、八メートルはあるな」

部下は崖の上から下まで慎重に目を走らせ、答える。

「はい」

「案内人に、崖の上に出られるか訊け。行けるなら案内を頼んで、見てこい。鑑識もまわしてもらえ」

「わかりました」

部下は厳しい表情で踵(きびす)を返す。葛が率いる現場はいつも息詰まり、冗談一つ出ることがない。

葛は次に鑑識班長の桜井(さくらい)を見つけ、呼んだ。桜井は手を振って応え、葛に近づきながら言う。

「足跡は、駄目だな。捜索隊と救急が踏み荒らした。足跡がもともとなかったのか、それとも踏み消されたのかも判断できん」

「やむを得んか」

もし、この崖下から立ち去る足跡が見つかれば、事件の様相は一変する。ただ人命救助が最優先される状況で足跡が無事に残っているとは、葛も考えていなかった。

「遺留品はどうだ」

「被害者が身に着けているものを別にすれば、そこのニット帽と手袋、ネックウォーマーとゴーグル、いまのところそれだけだ」

「ストックは？」

桜井は即座に答える。

「いや、なかった」

スノーボードでストックは使わないことが多いが、バックカントリーならば使うことの方が多い。とはいえ、バックカントリーの準備をしていなかった被害者がストックを持っていないのは、不思議なことではなかった。

葛は改めて、現場を見まわす。崖の下で、斜面に体を預けて男が死んでいる。死体の近くの雪は幾多の足跡に荒らされているが、少し離れれば深々と新雪が積もっている。どこかから水音が聞こえるので、ここは川に削られた谷なのだと察せられる。

現時点で水野正を逮捕できない理由が、二つある。

一つは、残る二人の遭難者がいまだに行方不明ということだ。崖から転落したのは被害者と水野の二人だけではなく、ほかの遭難者もいっしょだった可能性がある。その三人目、あるいは四人目が被害者を殺し、水野を放置して現場を立ち去ったおそれが否定できない。もう一つの問題が、より大きい。葛は呟く。

「凶器がない」

桜井が黙って頷いた。

後東陵汰の首を刺し、動脈を傷つけて死に至らしめた、「先の尖った」凶器がない。救急搬送された水野正が身に着けていたのだとしたら、とうに発見されているはずだ。無線機がいまだに沈黙しているからには、水野は凶器を携帯していなかったと考えていい。

それでは殺せない。どうやって殺したのか？

動機は、後で調べられる。凶器さえ見つかれば事件は終わりだ。――つまり、凶器が見つからなければ事件は終わらない。水野正の自供が取れればそれでもいいが、いま水野は意識もなく、取調べができる状態ではない。事情聴取のために数日待った挙句、否認されたら目も当てられない。

桜井がぼやいた。

「鑑識総出で雪かきだな。凶器が埋まってないか……こりゃ骨だ」

午後四時をまわった。利根署に捜査本部が置かれ、情報が集約されていく。

捜査の指揮を執るのは、刑事部捜査第一課の強行犯捜査指導官、小田(おだ)警視である。小田は辣腕の刑事で知られたが、昇進し指導官となってからは、捜査第一課長を始めとする上層部と現場の班長との間を取り持つ、調整型の指揮官に一変した。今回も捜査会議の冒頭で「葛。進めろ」と言ったきり、進行に口は出さなかった。

殺害された後東陵汰は、埼玉県さいたま市で酒販店を営む実家で働いていた。既婚で、子供が三人いる。酒に酔って居酒屋の店員に絡んで怪我をさせた、暴行の前科がある。友人四人とともに自家用車で自宅を出発したのが午前八時半、〈上毛スノーアクティビティー〉に到着したのは午前十一時頃と確認された。

遺体は複数個所に打撲などの痕跡があり、詳しくは司法解剖を待つことになるが、両足を骨折していると見られる。致命傷と見られる首の刺創についても、改めて報告された。

水野正は、さいたま市の建設会社〈見沼建設〉で資材管理の部署に在籍している。結婚はしておらず、実家から車で通勤している。〈上毛スノーアクティビティー〉まで車を運転したのが水野だ。

ひとりだけロッジに戻っていた浜津京歌は、さいたま市内の保育園〈岩槻ふれあい保育園〉の非正規職員で、独身だ。浜津自身の供述によれば、ほかの四人はふだんから交流があったようだが浜津は異なり、グループに加わったのは今回が初めてだという。

行方不明の二人は、男女が一人ずつだ。

下岡健介（しもおかけんすけ）は三十四歳で、結婚しているが子供はおらず、定職に就いていない。五人の中ではもっともスノーボードの経験が豊富だった。浜津京歌の証言によれば、コース外に出ようと言い出したのは後東陵汰で、それに反対したのが下岡だった。しかし後東に怖いのかと挑発され、比較的あっさり反対を取り下げたという。

もう一人の行方不明者は額田姫子、三十四歳。さいたま市内のパチンコ店〈デ・ソー大宮店〉に勤めている。中学生のころは後東、水野、下岡の三人と行動を共にすることが多かったが、成人してからはその機会も減っており、今回スノーボードに誘われて断り切れなかったものの、女性一人になることを避けるために浜津を誘ったらしい。

以上の情報はすべて浜津京歌が話したことであり、裏付けのため、さいたま市に刑事が派遣されている。

次に、病院で水野に付き添った刑事が立ち上がり、報告する。

「水野正は重傷です。医師によれば肋骨と左手首、左右の脛を骨折し、右の前腕に至っては開放骨折を起こしており、そのほか全身に打撲が見られるとのことです。救出時には意識がありましたが搬送中に失神し、十五時五十分現在、意識を取り戻していません。ＣＴの結果脳内出血は見られず、手術も問題なく完了していて、合併症が起きなければ快方に向かう見込みだそうです」

捜査資料には負傷部の図解も添付されている。骨折部は右第６・７肋骨、右橈骨、左手の舟状骨、左右腓骨と書かれている。骨折個所が全身に散らばっているのは、転落時、崖の斜面に体を打ち付けながら落ちていったためだろうという医師の推測が附記されていた。

「病院到着時の水野の所持品は、以下の通りです。まず、オリーブ色のスノーボードウェア、上下。赤いニット帽。マフ部分が白、ブリッジが黒のイヤーマフ。白のゴーグル。スキー場の一日利用券が入ったアームバンド。黒のネックウォーマー。カーマインのブーツ。黒のソックス。黒のビンディング。蛍光グリーンに柄入りのスノーボード。スマートフォン。焦茶（こげちゃ）色の二つ折り財布、これは別表に中身を記載しました。以上です」

ビンディングとは、スノーボードにブーツを固定するための器具である。財布の中身は現金一万六千二十六円、普通自動車運転免許証、社員証、臓器提供意思表示カード、Ｓｕｉｃａのほか、さいたま市の店舗のポイントカードが数枚見られた。

　葛が訊く。

「水野は現場から搬送される途中で、持ち物を捨てられる状態にあったか」

「いえ」

　質問を予想していたのか、刑事はすぐに答えた。

「水野は両手を骨折していましたし、搬送の際には毛布で厳重にくるまれて担架に乗せられています。捜索隊が撮った搬送中の写真を見ましたが、手を毛布の外に出せる状態ではありませんでした。写真は後程共有します」

「わかった。もう一つ、水野の怪我の程度で、犯行は可能だったのか」

「おそらく……」

　と言いかけたが、刑事は言葉を切って言い直した。

「わかりません。医師に確認を取ります」

　葛は頷き、問い合わせに必要な書類を後で渡す旨を伝える。

報告を終えた刑事が座り、次が立つ。

「捜索隊に被害者と水野を発見した状況を訊いたところ、現場周辺に第三者の足跡は残っていなかったとの証言が得られました。救急の到着に先立ち、搬送路にあたるルートは雪かきをしたそうです。また、救助の際に拾ったもの、持ち帰ったものがないかについても全員に確認しましたが、一切ないという返答を得ています。以上です」

「現地で雪が止んだのは何時だ」

別の刑事が答える。

「気象庁に問い合わせたところ、午後四時以降、現場周辺はずっと曇りで、降雪は観測されていません。スキー場の職員も同じ認識でした」

後東陵汰の死亡推定時刻は、深夜だ。何者かが後東を殺害した後で現場を立ち去り、その後で降雪が足跡を隠した可能性はない。

「わかった。次」

顔を雪焼けさせた刑事が手を挙げ、報告を始める。葛に命じられ、崖の上の検証に当たった刑事だ。

「現場の崖下から崖上に上るには、いったん沢を下ってから急斜面を登っていく必要があります。案内人は現場周辺について、雪だまりが多く地形も急峻で、装備なしで移動するのは現実的ではないと言っていました。また、周辺を捜索中の捜索隊が、崖へと続く二本のシュプールを発見しています。降雪によって薄くなってはいるものの、判別可能な状態でした。写真は共有します。鑑識が周辺を調べていますが、いまのところ、遺留品は特に見つかっていないと報告を受けています。以上です」

シュプールは、スキーやソリ、スノーボードなどが雪上を滑った後に残す痕跡のことだ。崖下に転落したのは後東と水野の二人で、二人はスノーボードで滑降していたのだから、シュプールが二本というのは妥当である。

別の刑事が手を挙げる。

「後東陵汰の遺体は、前橋に運ばれました。鑑定処分許可状も発付されましたので、桐乃先生が司法解剖を始めています。桐乃先生には宮下がついています。以上です」

前橋大医学部の桐乃教授には葛自身が電話をかけ、凶器が不明であること、傷口の形状に特に注意してほしいことを伝えてある。桐乃教授は傷口の所見がまとまった段階で電話をかけてくるだろう。いまのところ、凶器に関する捜査は桐乃教授からの連絡を待つしかない。葛は次の報告を促す。

「昨夜からの泊り客を中心に聞き込みを進めていますが、被害者たちのグループと接触した人物はいまのところ浮上しておらず……」

その言葉の途中で会議室のドアが静かに開き、所轄の刑事が忍び足で入ってくる。報告していた刑事が言葉を切ると、葛は闖入者に低い声で言った。

「何だ」

所轄の刑事はまだ新人といった顔つきで、気圧された様子ながら、明瞭に報告する。

「額田姫子が発見されました。生きています」

会議室がわずかにどよめいた。小田指導官がさすがに身を乗り出し、沈黙を破る。

「容体は」

「少し混乱していますが、怪我もなく無事だそうです。いまはスキー場の事務所で食事をしています」

小田は葛に目を向ける。葛が指示を出す。

「会議の後で人をやる。お前は戻って、額田につけ」

「はい」

入ってきたときの忍び足とは対照的に、刑事は小走りに会議室を出ていく。

刑事たちの間に、わずかに安堵(あんど)の弛緩が広がる。無謀なバックカントリーを試みて遭難を引き起こした遭難者への苛立ちが皆無だったわけではないが、生きていると聞けば真っ先に、よかったという気持ちが湧くものだ。

雰囲気を引き締めるように、小田が言う。

「葛、続けろ」

「はい」

葛は刑事たちを見まわし、引き続き情報を集約していく。

捜査会議の最後、葛は望みの薄い捜査から人を引き上げ、人が足りない捜査へと振り分けた。

班内随一の聞き込み名人である佐藤はさいたま市に派遣しているので、額田姫子への聞き込みには二番手の村田を充てる。そして、葛自身も村田に同行した。

捜索本部は〈上毛スノーアクティビティー〉の事務所に置かれている。本部と言っても、消防の責任者が常駐し無線機が置かれているだけの、至って簡素なものだった。額田姫子は部屋の隅でパイプ椅子に座り、毛布を肩にかけて白湯を飲んでいる。事務所は広く、会話の内容が余人に聞こえるおそれはない。

関係者の写真はまだ揃っていなかったので、スキー場にいる刑事の誰も、額田の容姿は把握していなかった。額田はうつむき、肩を落として震えていて、ひどく老けて見える。しかしそれは遭難直後という極めて特殊な状況に置かれているからで、ふだんは華があるように見えるだろう。座っているので参考程度にしかわからないが、身長一五五センチ程度か、と葛は見て取った。

村田と葛が近づくのに気づいたのか、額田が顔を上げて弱々しい目を向ける。問われる前に村田が名乗った。

「群馬県警の村田と葛です。額田姫子さんですね。ご無事で何よりです」

「警察の人……」

額田が不安げに呟く。葛たちが聞きなれたトーンだ。話しかけてきた人物が警察官だとわかったとき、人はふつう、不安げな声を出す。

「あの……あたし、何か……?」

額田はまだ、後東が殺害されたことを知らないようだ。村田がちらりと葛を見る。葛が頷くと、村田は手帖とペンを手に取りつつ、沈痛な声を作った。

「いえ、額田さんのことではありません。実は、後東陵汰さんが殺されました」

「えっ」

額田は絶句した。

「殺された……誰に？」

「わかりません。それで少し、お話をお聞かせいただきたい」

村田が質問を始めようとしたところで、葛が村田の肩に手を置き、言う。

「後東さんの近くには、水野さんがいました」

額田の反応ははっきりしたものだった。目を見開いて息を吸い込み、こう叫んだ。

「ばれたんだ！」

村田は、額田の反応は織り込み済みであったとでもいうように、一切動じない。

「ばれた、というのは、何がですか。話して下さい」

額田はてきめんに慌て、手を振る。

「いえ。なんでもないんです」

「額田さん、殺人事件なんですよ。そういうのは困ります。後東は水野に、何か隠していたんですね。それは何です」

「でも、勘違いかもしれないし」

「確認は我々で取ります。それが仕事ですから」

「でも……」

村田は穏やかに、かつ断固として話していくが、額田はなおも逡巡し続ける。後ろで見ていた葛は、時間を与えれば額田は嘘をつくだろうと見た。嘘にふりまわされている暇はない。村田に代わって、言う。

「額田さん。言いたくないなら、無理にとは言いません」

額田は露骨にほっとした顔をしたが、葛は言葉を継いだ。

「さいたま市にも警察が行っていますから、額田姫子さんが『ばれた』と言ったのはどういう意味か、ご友人によく伺うことにします」

「えっ、ちょっと……」

額田の顔色が変わった。

同時に、村田も不味(まず)いものを口に入れたような顔をした。村田にも自身が培ってきた聴取の組み立て方、聞き出し方があるのに、上司である葛がついてきて、村田には許されないような際どい訊き方をしてしまう。班内では二番手という村田の自負を気にもかけないやり方だ。

「そこであたしの名前を出すの?」

消えそうな声で呟く額田に、葛が言う。

「そういうことになります。後東さんのご自宅や額田さんの職場で、心当たりをお尋ねすることになるでしょう」

額田が動揺している。村田は、上司への反感で仕事の機を逸することはない。即座に言葉を引き取る。

「もちろん、ここで話していただけるなら、その方が早いのですが。どうでしょう、額田さん……後東は何を隠していたんですか」

小柄な体をいっそう縮こまらせ、額田は白湯の入ったコップの中身を見つめる。葛はもう何も言わなかった――額田が抵抗をやめたことは明白で、あとは待つだけだとわかっていたからだ。そして額田は、溜め息をついて話し始めた。

「じゃあ言いますけど、あたしが言ったんだってことは秘密にしてください」

「わかりました」

「水野くんのお母さんが亡くなってることは、警察の皆さんはもうわかっていると思いますけど。あの事故、本当は後東くんのせいなんです」

事件関係者に配偶者や子供がいるかは真っ先に調べられるが、両親が健在かどうかは、理由がない限り優先的には調べない。現時点で水野の母親が死亡しているという情報は入っていなかったが、葛も村田も、とうに知っていたという顔で話を聞く。

「後東くん、もともとえぐい性格してるんだけど、ハンドル握るとひどくて。……ほかの車に嫌がらせするんです。あたしそれが嫌で、やめた方がいいよって何度も言ったんだけど、結局変わらなくて。水野くんのお母さんって反対車線に飛び出してミキサー車にぶつかったっていうことになってますけど、あれ、前を走ってた後東くんがブレーキ踏んだからなんです」

村田がペンを走らせていく。

「あの事故のせいで水野くん、すっごく苦労して……。センターライン越えたのは水野くんのお母さんの方だったから、賠償とかもあったみたいで。なのに後東くんは何にも言わないで、水野くんが愚痴ってたりすると話を聞くふりして、後で笑ってたりしてたんです。もしそれがばれたら……水野くん、きれると怖いところあったし、あたしずっと怖かったんです」

村田が訊く。

「今回のスノーボード旅行に来るまで、水野さんが事故の原因に気づいた様子はなかったんですか。それ以外にも、いつもと様子が違うところはありませんでしたか」

額田は少し黙り込み、首を横に振った。

「なかったと思います。後東くんが水野くんを引っ張り出して、水野くんが本当は嫌なのに愛想笑いして付き合うってのがいつものパターンで、今回もそうでした。水野くんが本当は事故のこと知っていて、それを隠してたっていうのは……」

しばし、言葉が途切れる。額田は俯いて、繰り返し呟いた。

「わかんないですけど。わかんないですけど」

「……では、こちらでも調べてみます。ところで、昨日のことをお尋ねしますが」

村田が話の向きを転じる。

「スキー場のコースを外れて森の中を滑ろうと提案したのは、誰でしたか」

「それは」

自問にとらわれかけていたのか、額田は意表を突かれたような顔をした。

「えっと、それは、スキー場の人にお話ししました」

「もういちど話してください」

「はあ……。いいですけど。コース外に行こうと言い出したのは、後東くんです」

「それに対して、ほかの人の反応はどうでしたか」

「下岡くんは、装備がないからやめた方がいいと言いました。浜津さんは、もともと初心者だからコース外なんてとんでもないし、一人で滑り降りることも出来ないって言っていました」

「水野さんと、あなたはどうしました」

額田は力なく笑った。

「あたしは……後東くんが言い出したら聞かないのはわかってましたから、ちょっと行ってコースに戻れば満足するんだろうし、それでいいって思っていました。水野くんも危ないからやめた方がいいって言ってたけど、半分諦めてた感じで。下岡くんも結局押し切られました」

額田の供述は、浜津のそれと一致する。

「それから、どうなりました」

「滑りだしてすぐぐらいに下岡くんが転んで、足を痛めたんです。みんなの中ではいちばん上手いはずなんだけど、バックカントリーは初めてで勝手が違ったって。まだ少し森の中を下っただけで、上の方にはコースも見えていたんですけど、みんなスノボだから登るのは面倒で、何とか滑ろうってことになりました。ちょっと様子見て、下岡くんも行けそうだって言ったからみんなで滑り出したんですが、雪が強くなってきて……前を滑ってた後東くんと水野くんを見失いました。下岡くんはやっぱりだめで、助けを呼んでくれって言われたんだけど携帯の電波が入らなくて、仕方ないからあたし一人で滑っていったんですけど、もうどっちが麓かもわからなくて。このままだと死んじゃうって思ったから、スノボをスコップ代わりにして雪を掘って、その中で一晩過ごしてました」

「雪を掘ったんですか。よく思いつきましたね」

額田は手の中のコップを見つめ、小声で、

「漫画で見たことあったから……」

と言った。

額田は下岡の安否を心配していたが、それについて葛たちが言えることは何もなかった。

「水野の母親の事故、埼玉県警に照会します」

捜索本部を出ると、村田がそう言った。

「任せる」

「班長。あの話が事実だとしたら、額田はどうして、後東が事故に絡んでいることを知っているんでしょう」

葛は短く答える。

「後東の車に同乗していたんだろう」

「……ああ」

村田は苦い顔をした。

「陰で水野を笑っていたのは、後東だけじゃなかったわけですね」

「佐藤に額田の話を伝えておけ。俺は会議室に戻る」

「了解しました」

配属二年目の部下が運転する車に乗り込み、利根署に行くよう命じる。山あいでは日没が早く、既にあたりは夜だった。ヘッドライトの光の中で、細かな雪がきらめいている。予報によれば、今夜、天候は下り坂に向かう。つづら折りの道を市街地へと下りながら、葛は下岡のことを考える。

後東と水野が崖から転落した際のシュプールは残っていたのだから、山中には額田のシュプールも残っていたはずで、額田の発見地点からシュプールを辿っていけば下岡は簡単に見つかるはずだ。だが実際は、一時間を経ても下岡は見つかっていない。何かの理由でシュプールが消えたか、下岡がむやみに動きまわったのだろう。日が沈めば、捜索は打ち切られる。それまでに見つからなければ、下岡の生存はまず見込めない。葛はいずれ、後東を殺害した犯人とその手口を特定するだろう。しかし下岡の生死には、何も手を打つことができない。職分が違うのだと割り切るには、人の命はあまりに重い。

スマートフォンに着信が入る。モニタには、前橋大医学部の桐乃の名前が表示されている。

「葛です」

『桐乃だ。スキー場の件、傷口の所見だけでも先に聞きたいと言っていたな』

「お願いします」

『念のために言っておくが、これは暫定だ。鑑定書は後で送る。……といっても、大きく結果が変わるとも思えんが。メモの用意はいいか』

「はい」

実際には、葛は通話の録音機能を動作させている。スマートフォンの向こうから、紙束を繰る音が聞こえてくる。

『傷口は深さ四センチ二ミリ。三角に近く、一辺の長さは一センチ五ミリから二センチ程度だ。先端部が鋭い三角柱だと考えていい』

「三角柱ですか」

葛は思わず、桐乃の言葉を繰り返した。

「錐状ということはありませんか。先端が細く、根本に行くにつれて太くなっていくような形状だとは、考えられませんか」

『何か心当たりがあるらしいが……』

桐乃はそう前置きし、言い切る。

『それは考えられない。被害者の命を奪ったのは、尖らせた先端部を除けばおおよそまっすぐで、おおよそ均質な太さの、棒状の何かだ。イメージとしては、細い杭に近い。……ただ、三角柱というのは、強いて言うならの表現だというのは留意してくれ。凶器の断面は少なくとも丸くはないという程度に受け止めてもらう方が、間違いが少ないと思う』

「……わかりました」

『それから、凶器の先端部が鋭いとは言っても、刃物のように鋭いわけではない。傷口はひどく潰れていた。凶器は、鋭く研がれているというより、単に尖っているという言い方の方がイメージに合うな』

葛の思考の中で、条件に合う凶器が次々に浮かんでは消えていく。

『傷口周辺には圧迫痕がある。何者かが被害者の頸部を圧迫していたのだろう』

「首を絞められていたということですか」

少し、間が空いた。桐乃教授が後東の遺体を振り返ったのだろう、と葛は思った。

『そういう感じではないな。単に、傷口を強く押さえていたという印象だ。これは推測になるが……まあ、止血だろう。被害者の右手には多量の血液が付着しているから、被害者自身が自分の傷口を押さえたと考えて矛盾はない。もっとも、頸動脈が破れたら、ちょっと押さえた程度で出血を止められるもんじゃない。数秒ぐらいは稼げたかもしれんが』

葛は、血がほとばしった現場を思い出す。救助のため雪が踏み荒らされていてなお、現場には大量の血痕が残っていた。

『まあ、傷口の所見はそんなものだ』

桐乃の言葉に、葛は逡巡をかぎ取る。桐乃は何かを黙っている。

「ほかに、何かありましたか」

そう水を向けると、桐乃は不機嫌をあらわにしながら、別に隠そうとはしなかった。

『傷口の内部の話だが、微量ながら、凝集した血液が見られる』

言葉の意味を捉えかね、葛はしばし沈黙する。

「……それは、毒物の反応があるということですか」

血を固める作用のある毒は、葛もいくつか知っている。電話の向こうで、桐乃は不服そうに唸った。

『毒……まあ、広い意味では毒かもしれん。おそらく、これは血だろう。被害者の傷口に、適合性のない血液型の人血が流れ込んだと考えられる』

思わず、葛は電話を握り直す。

「なぜ、そんなことになったのでしょう」

『知らんよ』

桐乃は語気を強める。

『それを調べるのはこっちの仕事じゃない』

「……おっしゃる通りです。失礼しました」

『いやまあ、気にせんでいい。被害者の血液型はA型で、RHプラスだ。よって、流れ込んだ血液はB型、ないしAB型だろう。それと、全身の骨折や挫傷には生活反応がある。崖から落ちた時のものと見て問題ない。……この辺でいいか。あまり長くご遺体を放っておけん』

訊くべきことは、ほかにいくらでもあった。だが桐乃は、

『その他、いまわかることは立ち会いの者に話しておく。では』

と言って電話を切ってしまった。

スマートフォンをポケットに戻し、葛は考える。血のことは、確かに気になる。だがいまの通話でより重要なのは、傷口の形状——つまり、凶器の形状に関する情報だ。

凶器は、断面が少なくとも丸くはないまっすぐな棒で、先を尖らせたもの。葛は目を閉じて、昼間見た事件現場を思い起こす。崖にもたれかかっている後東の死体、踏み荒らされた雪、着雪しないほどに急な崖、崖上に張り出した雪庇……。

事件が起きた時間帯には、後東の隣に水野がいた。水野の持ち物は報告があったが、桐乃教授の所見に一致するようなものはなかった。では、水野はどうやって後東を刺殺したのだろう。あるいは、犯人は水野であるという読みから考え直す必要があるだろうか。

車が利根署に到着し、運転をしていた部下が、「着きました」と言わずもがなのことを言う。葛は、

「しばらく……」

と言いかけて、言葉を呑んだ。

「いや、行こう」

葛は一人でじっくり考える時間を欲したが、それは不可能なことだった。

会議室では多くの刑事が多くの情報を抱え、葛を待っていた。

　まず葛は桐乃教授からの所見を刑事たちに伝え、若い部下に自分のスマートフォンを預けて、桐乃との通話内容を書き起こすように命じた。次に、列を作る刑事からの報告を受け取ってい
くが、その内容は総じて現状報告にとどまっていて、事件の解明に寄与しそうな情報は一つしかなかった。水野の両手に関して得られた、医師の供述である。

「水野を担当した、利根総合病院整形外科の飯塚（いいづか）医師によれば」

と、刑事はメモを見ながら報告した。

「右手で何かをつかむことはまず不可能ですが、舟状骨の骨折にとどまった左手は、ある程度の動作は可能ということでした」

「ある程度というのは、どういうことだ」

「何かを強く握ったり、重いものを持ったりすることは難しかっただろう、と言っていました」

　ひととおりの報告を受け、葛は部下たちに順次食事を摂るように指示する。葛自身は、あらかじめ用意させた菓子パンとカフェオレで夕食に替え、五分かからずそれを食べ終えた。

　さいたま市に向かった佐藤から、報告のメールが届いている。それによると、五人組のスキー客が中学の同級生であることは事実で、今回だけ呼ばれた浜津京歌を除く四人は、卒業後も途切れず仲間内のつきあいを続けていたことが確認されたという。後東が主導的存在で水野と下岡はそれに逆らえないという構図が、卒業後二十年近くたっても維持されていたらしい。

　メールには、水野の母親の事故死についても触れられていた。事故は四年前で、相手方のミキサー車運転手も死亡している。入っていた保険は対人こそ無制限の補償が受けられるものだ

ったが対物補償は上限があるもので、水野家には多額の賠償請求が降りかかった。父親は心痛に倒れ、家も売却せざるを得ず、水野は父親の介護と借金返済に追われていた。

発信時刻を見れば、佐藤が報告メールを作成したのは葛たちがちょうど額田に事情聴取をしている時間帯だったと思しく、当然、事故の原因が後東にあったという額田の供述には触れていない。情報は既に伝わっているはずで、佐藤はいまごろ事情聴取をやり直しているだろう。時計を見れば時刻は十九時前で、捜査の矛を収めるにはまだ早い。葛は佐藤に電話をかける。折よく佐藤の手が空いていたようで、電話はすぐに繋がった。

『佐藤です』

応える声がわずかに硬いが、葛は気にせず、一方的に話す。

「報告を見た。充分だ。村田から、水野の母親のことは聞いたな」

『聞いています。……こっちの交通課は、あんまりいい顔しませんね。事故として処理したことに問題はなかったと言っています』

「そう言うだろうな。こじれそうなら俺にまわせ。手短に言うが、被害者の体内から、B型かAB型の血液の痕跡が見つかった。関係者の血液型を訊いてくれ」

『血液型ですね。了解です』

「水野の右手は腕から折れていた。やつの利き腕はわかるか」

即答が返る。

『右でしょう。野球をしている水野の写真をやつの実家で見ましたが、右投げでした。念のため、親にも確認します』

水野が右利きであれば、左手だけで後東の着衣を脱がせることは困難だったと考えられる。後東が衣服を脱いでいたのは、当初の見立て通り、体温低下による矛盾脱衣だったと考えて間違いないだろう。

葛は言った。

「よし、頼む」

電話を切り、次はデスクの上の書類に向き合う。数多の書類から鑑識の報告ファイルを開き、被害者の所持品をまとめたページを探す。

葛は、現場の遺留品はひととおり見ている。水野正の所持品についても報告を受けている。そのどちらにも、これが凶器だろうと考えられるものはなかった。ならば、凶器は後東が身に着けていると考えるよりほかにない。求めるページを見つけ、読み込む。

――現場に残されていた、後東の所持品と考えられるものとして、ニット帽と手袋とネックウォーマーとゴーグル。

――後東が身に着けていたものとして、着衣一式（肌着、ネルシャツ、セーター、綿のパンツ、靴下）。スノーボードウェア上下。スキー場の利用券（アームバンド型）。スノーボード。ビンディング。ブーツ。スマートフォン。二つ折り財布（中身は現金とカード類、普通自動車運転免許証）。

葛は遺留品リストのみならず、それぞれを撮影した写真も全て確認していく。どこかに先が尖った棒状の部品が使われていないか、一つ一つ検討する。

三十分が経ち、葛は会議室の天井を仰いで目元を揉む。何の発見もなかった。後東が身に着けていたものには、これが凶器ではないかと疑わせるものすら含まれていない。後東が彼自身の所持品によって殺害された可能性も、犯人が凶器を後東の持ち物に偽装した可能性も、共に皆無である。

顔を下ろしてファイルを繰り、現場の写真を見る。崖の下、斜面にもたれている後東の首には生々しい傷跡があり、噴き出した血は彼の半身を染めている。

「後東は何で殺されたか」

あるいは、何か根本的な勘違いをしているだろうか。これは殺人ではなく事故、あるいは自殺という可能性はないだろうか。犯人は本当に水野しかいないのか。見落としはないか……。


午後十一時を過ぎた。

利根署員が柔剣道場に布団を敷いてくれていて、葛の部下たちの多くはシャワーを浴びるなり、布団にもぐりこむなり、明日への英気を養っている。

葛は会議室で一人だった。ようやく、一人になれた。

犯人はほぼ特定できている。やはり、凶器の不在だけが、この事件を終わらせられない唯一の理由だ。葛は迅速に、適切な捜査を指示しなくてはならない。

会議室ではすべての照明が点灯され、室内を皓々（こうこう）と照らしている。葛は捜査の過程で得られた情報を、写真であると文章であるとを問わずプリントアウトし、自分のまわりに並べている。利根署の刑事に淹れてもらった茶に口をつけ、葛は沈思する。

問題は二つに分けられる。

第一の場合。凶器は現場にあったが、それが凶器であるとまだ気づけていない。

第二の場合。凶器は現場になかった。

理屈の上では、凶器は現場にあったが、それを発見できなかったという考え方も成り立つ。しかし葛はその可能性を排除した。桜井率いる鑑識班は優秀で、捜索に不利な特段の事情もなかった。落ちているものを単に見つけ損ねたというのは、考えにくい。その場にあったものはすべて鑑識が見つけ出したという前提で、考えを進める。

まずは、第一の場合を考えていく。現場にあったものを、水野の所持品、後東の所持品、そのどちらでもないものに三分類する。

すでに、後東の所持品には凶器になり得るものがないことを確認している。金属製のビンディングやそれなりの重量があるスノーボードで人を殴れば死に至らしめることは出来るだろうが、今回の刺殺事件には符合しない。

水野の持ち物のうち、後東のそれと重複するものは除外してもいい。葛はペンを手に、水野の所持品リストに線を引いていく。スノーボード、ビンディング、ウェア、ゴーグル、ニット帽、財布……。水野が持っていて後東が持っていなかったものは、一つしかなかった。

「イヤーマフか」

イヤーマフの写真を見る。マフ部分が白く、ブリッジは黒だ。ここに現物はないが、メーカーと商品名が調べられているので、パソコンを使って商品を紹介するウェブサイトを見る。

左右のマフをつなぐブリッジ部分は、薄いプラスチックから成っている。仮にマフを取り外し、ブリッジの先を尖らせたとして、それで人を刺し殺すことは相当に困難だろう。もし殺害に足る強度と鋭さを持たせられたとしても、傷口の所見に合わない。

「それに、そもそも……」

と、葛は呟いた。

イヤーマフのブリッジを加工して凶器にしたとしよう。いつ、どうやって加工したのか？あの崖の下で、小刀やカッターナイフのようなものでブリッジを加工したというのは考えられない。今度はその「小刀やカッターナイフのようなもの」が見つからないという問題や、水野は両手を負傷していたという問題を別にしても、重大な矛盾が残る。……手元にそんな道具があったなら、それで刺した方がよほど確実ではないか！

では、水野は事前にイヤーマフのブリッジの先を尖らせ、スノーボードに興じる間、ひそかに殺人の機会をうかがっていたというのはどうか。

「論外だ」

額田姫子は、水野の母親の死には後東がかかわっているが、水野はそれを知らなかったと供述した。この供述は信用できない。水野はとうに事実を知っていて、かつそれを隠していたという可能性を否定する理由はないからだ。しかし仮に、水野が事実を知って後東に殺意を抱いていたとして、脆弱なプラスチック製の凶器を隠し持ち続けて機会をうかがっていたと考えるのはあまりに不合理だ。絞殺用の紐か何かを持ち歩いた方が、よほどましだろう。

重要なのは、後東がコース外に出ることを主張し、下岡が負傷し額田がはぐれたために後東と水野が揃って崖の下に転落し、後東が負傷した上で低体温症を発症して錯乱したという経緯は、誰にも予想できなかったということだ。だから水野は、あの崖の下でこそ有効な凶器を事前に準備することは出来なかった。水野は即興で、何の準備もなく、おそらくは衝動的に、後東を殺したのだ。

ゆえに、凶器はイヤーマフではない。ほかの何かでもない。水野や後東の所持品が凶器に加工されていると考えるのは間違いで、凶器はそれらの中にはない。

では、どちらの持ち物でもない、現場にあった何かが凶器だとは考えられないか？

それに関しては机上の空論と片づけられるだろう、と葛は考える。たとえ一見して遺留物に見えなくても、凶器として使われた可能性があるものならば鑑識が見落とすはずがない。たとえば現場に落ちていた枯れ枝が凶器だったとして、血塗られたそれは必ず目につき、鑑識に回収されたはずだ。

「つまり、凶器は現場にあったが、それが凶器であると気づけていないという考え方は、否定できる」

一人きりの会議室で、葛はそう呟く。

茶に口をつける。旨い茶だ。利根署には茶を淹れるのが上手い警察官がいるらしい。

ノートパソコンにメールが届いた。さいたま市に向かった佐藤からだ。報告の内容は簡潔である。

《以下の通り、関係者の血液型と利き手を報告します。

後東陵汰　A型　右利き

水野正　AB型　右利き

額田姫子　B型　左利き

下岡健介　O型　右利き

浜津京歌　A型　右利き

以上》

葛はすぐに報告受領のメールを返し、佐藤が報告してきた内容を手近な紙にメモした。資料を自分の周囲に広げて考えるのが葛の癖であり、そのためにはすべてが紙に書かれていなくてはならない。

もう一口茶を飲んで、ノートパソコンを閉じる。

葛は、凶器の所在を二つに場合分けし、第一の場合を否定した。では、第二の場合はどうだろうか。——凶器は現場になかったのではないか？

この場合に忘れてはならないのは、足跡の問題だ。部下の聞き込みによれば、捜索隊が崖の下に近づいたとき、周辺に足跡はなかったという。捜索隊は複数の人間でまとまって行動しており、その全員が崖の下に続く足跡はなかったと言っている以上、その情報は信用せざるをえないと葛は考えていた。

つまり、後束と水野を除いては誰も崖の下に近づいていないし、そこから離れてもいない。ゆえに、誰も現場から凶器を持ち去ることは出来なかった。

正確には、警察が到着する前に現場から離れた人間が、いることはいる。捜索隊と、救助された水野だ。だが捜索隊は水野を救助したほかは何も持ち去らなかったと供述しており、その供述はやはり信用できる。水野は救助時に毛布に巻かれて担架に乗せられており、現場から凶器を持ち去ったとしても、途中で捨てられる状態ではなかった。途中で捨てられなかったのなら所持品として見つかるはずで、水野の所持品に凶器がないことは既に確認済みだ。

「誰も持ち去っていない……にもかかわらず、現場から凶器が消えた……」

葛の脳裏に、いくつかの可能性が浮かぶ。

あの崖の下という条件をいったん棚に上げれば、離れた場所から被害者を殺害し、そののち凶器を回収すること自体は不可能ではない。単純な話、糸を結びつけた凶器を投射して相手を殺し、その糸を引っ張るだけでも、現場に凶器がないという状況は構成できる。だが、棚に上げた諸条件を下ろしてみれば、第三者が遠隔手段で後束を殺して凶器を回収したというのは、荒唐無稽（こうとうむけい）であるのみならず、あり得ない。葛が呟く。

「夜だった」

犯行時刻は深夜二十二時から二時のあいだである。しかも昨夜の〈上毛スノーアクティビテイー〉周辺は曇りで、月明りも星明りも当てにならなかった。その状態で、足跡がないことが確認された範囲の外から被害者に投射物を命中させるというのは、名人技を超えている。後東が崖から落ちたのは偶然だというのに、そんな飛び道具が突然出てくるというのは冗談にもならない。

だが葛は、念には念を入れて思考を進める。後東に対して何かを「投射した」というのはありえない。では、「落とした」というのはどうか。崖の下で救助を待つ後東に、崖の上から何か尖ったものを落として殺害したという可能性は？

「……ない」

葛は、少し笑った。こんな可能性を検討したこと自体、疲れ始めている証拠だ。足跡がないのは、崖の上も同じことだ。崖の上にあったのはシュプールが二本だけで、隠蔽工作を疑う余地すらない。

茶を飲み、急須から茶を注ぐ。

あり得ない可能性といえば、水野が崖の上で後東を殺し、死体を崖下に運んだという可能性も皆無である。転落時に後東が生きていたことは桐乃教授の司法解剖で明らかになっているし、なにより、現場には大量の血痕が残っていた。殺害現場は間違いなくあの崖の下であり、ほかの場所ではない。

これで、第三者が離れた場所から凶器を回収した可能性もなくなった。だが現場から凶器を消してしまう方法は、それを回収することだけではない。湯飲みを置いてペンを持ち、葛は手近な紙に走り書きを始める。
《燃やす》
《沈める》
《埋める》
どれも、葛がこれまで実際に目にしてきた、凶器を隠す手段だ。殺人者はあらゆる手を尽くし、凶器を隠そうとする。まるで、そうすれば罪そのものも消えてしまうとでも思っているかのように。今回、どれかが当てはまるだろうか？
どれも、望みがあるとは思えない。二人の所持品には着火のための道具が含まれていなかったし、現場からは燃えかすも見つかっていない。崖の下にはどこかに細い川があったようだが、それを探して近づいた足跡はなかった。埋めるというのは真っ先に思いつく手軽な隠し方であり、鑑識課の桜井はそれを想定して現場検証を指揮したはずで、それで出てこなかったのならば雪中に凶器はなかったのだ。
ではほかに、凶器を消してしまう方法はあるだろうか。茶を飲み、ふと湯飲みを見つめ、葛はペンを取って《食べる》と書く。
少なくとも、燃やしたり沈めたりよりは有望だ、と葛は思った。燃やしたり水に沈めたりするのとは違って、食べるだけなら体一つでできる。だが……葛は低く唸る。
「そうは思えん」
水野があらかじめ凶器を用意していたという可能性は、とうに否定している。あの崖の下で調達できて、後東を刺して死に至らしめることができ、かつ、食べて隠せるなどというものが存在するのだろうか？

葛の視線が、現場を撮った数多の写真の上をさまよう。雪、崖、氷柱、遺体、足跡……。食べる。体内に入れる。

夜、あの雪深い崖の下に存在していて、後東の頸動脈を突き破れるほどに堅牢な、先の尖った何か。血。

部下が報告した無数の情報が、葛の思考の中で渦巻いていく。

スマートフォンが着信音を発する。沈思を破られ、葛ははっと顔を起こす。発信者は、利根総合病院に詰めている部下だった。

「葛だ」

『班長、夜遅くすみません』

「どうした」

『水野の意識が戻りました。ただ、合併症を起こして重態です。医者は予断を許さないと言っています』

葛は立ち上がり、会議室の出入口へと向かう。

「事情聴取をする。医者を説得しておけ。一分でいいと言え」

『わかりました』

電話を切って、すぐに別の部下に電話をする。柔剣道場で雑魚寝をしているはずの新人を呼び出す。

「水野の意識が戻った。病院に行く。車を出せ」

慌てる新人の言葉を聞かず、葛は電話を切る。静まり返った警察署に、葛の足音がやけに響く。自供を取らなくてはならなかった。犯罪は明らかにされなければならない……たとえそれが、死にゆく者の犯罪だとしても。

五分後、葛は車中の人だった。部下に緊急走行を命じ、サイレンの吹鳴（すいめい）を聞きながら、雪降る街並みが赤と黒に明滅するのを見るともなく見ていた。利根警察署と利根総合病院は、さほど離れていない。もどかしさを感じる間もなく夜間玄関に車を止めさせ、葛が車から降りると、部下が迎えに出ていた。

「四〇四号室です。案内します」

「よし。医者の了解は取れたか」

「はい。同席を主張しています」

「構わん」

エレベーターで四階に上がり、消灯時間の過ぎた病院の廊下を足早に歩く。リノリウムの床に光を投げかけているのが、四〇四号室だった。病室前に立つ白衣の男が眉を顰（ひそ）め、

「主治医の笹尾（ささお）です」

と名乗る。

「水野に会わせていただく」

「状態が悪化しています。いまとなっては、賛成できません」

「先生にも同席していただき、ストップには従う。よろしいか」

「……いいでしょう」

「では」

笹尾が先に立ってドアを開ける。漏れ出す光が強まる。

直接見る水野は、遭難で体力を失ったためにそう見えるのか、ひどく痩せ細った男だった。酸素マスクを当てられている。無精ひげが伸び、頬骨（ほおぼね）が浮いていて、顔色が白い。水野はうっすらと目を開け、葛を見たが、すぐに眠るように目を閉じた。

「県警捜査第一課の葛だ。後東陵汰が殺害された件について調べている。話を聞かせてもらいたい」

水野は、話せる状態ではなかった。ほんのわずか、呼吸で胸が上下するのと区別がつかないほど小さく、彼は頷いた。

「水野正。後東を殺害したのは君だな」

反応がない。水野の目は閉じられたままだ。

「君は昨夜、崖の下で後東の首筋を刺して殺害した。そうだな」

「………」

無反応なのか、黙秘なのか。笹尾がちらちらと葛を見る。次の質問で反応がなければこの医者はストップをかけるだろう、と葛は察した。

たった一つの質問で、的を射抜かなければならない。深夜の山中、崖の下で、水野正は何を用いて後東陵汰を殺したか。なぜ、その凶器が見つからないのか。葛の脳裏に、一瞬、会議室で書いた《食べる》の文字が浮かぶ。

葛は言った。

「骨で刺したな」

右腕の骨が折れていた。右橈骨骨折。それらの報告は正しいが、詳細ではなかった。搬送された水野が手術を受けたという報告を聞いたとき、自分は気づくべきだったのだ、と葛は悔いた。あれは何の手術だったのか?

骨折整復術だ。水野の右腕は開放骨折だった。骨が折れ、皮膚を突き破り、突き出していたのだ——あたかも杭のように。

骨の折れ方は多種多様だ。突き出た骨の先端が尖っていた可能性を否定する材料は、ない。尖った骨が後東の首筋に食い込み、突き刺さった。後東の血と水野の血が混じり、傷口に凝集反応を残した。

そして凶器は、手術によって水野の体内に隠された。見つからないはずである。

水野の目が開く。大きく息を吸い込んで、声を絞り出す。

「……違います。刺してはいない」

その目尻が、わずかに下がる。笑ったのだ。

「刺さったんです」

かろうじてそれだけを言うと、水野は長い長い息を吐いた。

あの崖の下で何が起きたのか、正確なことを知るすべはない。わかっているのは、後東が矛盾脱衣を起こすほどに錯乱していたこと、水野の母親は後東が原因で死亡していたこと、そして水野の右腕の骨が体外に飛び出していたことだ。後東と水野が争ったことも、間違いはないだろう。その諍い(いさか)の中で水野が自らの前腕の骨を力の限り後東の首筋に突き立てたのか、それとも水野が言った通り、骨は刺さってしまったのか。それは永久にわからない。

開放骨折は傷口が大きく開くため感染症を起こしやすい上、他人の血液は強力な感染源になる。水野が合併症を起こしたのは、折れた骨が後東の血液に触れたからではないか……。立証しようのない推測なので書類には書かなかったが、葛はそう考えている。

小田指導官の同意の下、葛は前橋地裁に水野正の逮捕状を請求したが、逃亡のおそれがないとされ、請求は認められなかった。水野はベッドから起き上がることなく、十一日の闘病の末、敗血症性ショックで死亡した。検察は被疑者死亡のため不起訴という決定を下し、後東陵汰殺害事件は捜査終了した。

下岡健介は遭難から二日後、自力で下山した。後東の死を知った下岡は、額田と同じく「ばれたんだ」と叫んだという。

県警捜査第一課葛班の刑事たちは、夜のうちに、自分たちの頭越しに上司が事件を解決したことを知った。彼らは葛をよい上司だとは思っていないが、葛の捜査能力を疑う者は、一人もいない。

ねむけ

九月三日午後四時十五分頃、群馬県藤岡市北平井で強盗致傷事件が発生した。被害者は自宅に一人で住む金井(かない)みよ子（七六）で、頭蓋骨陥没骨折の重傷を負い倒れていたところを、近所に住む娘に発見された。室内が荒らされており、町内会費を入れていたという封筒が空だったことから、犯行は物取りによるものと推定されている。鑑識の結果、室内からは微量の血痕が見つかり、その血液の量は被害者が頭部を殴打された際に飛び散ったものと見て矛盾はないとされた。一方で血液反応のある凶器は発見されず、犯人はあらかじめ用意した凶器を用いたか、現場にあった物で犯行を行った後、それを持ち去ったものと思われた。

被害者は藤岡中央病院に運ばれたが意識不明の重態で、いつ強盗致傷から強盗致死に容疑が切り替わってもおかしくない、重大事件であった。即座に捜査本部が設置され、県警本部の刑事部捜査第一課から、葛警部が率いる捜査班が藤岡市に派遣された。捜査本部は類似前科のある者を中心に被疑者の洗い出しを進め、三人を特に容疑濃厚と結論づけた。その中の一人が田熊竜人(たぐまりゅうと)（三九）である。

田熊は若いころからひったくりを繰り返している。三十一歳の時、前橋市において原付を用いたひったくりで被害者に重傷を負わせ、懲役七年の実刑判決を受けた。出所後は藤岡市に移り住んだが、定職についておらず、スピード違反で二度交通違反切符を切られている。民家に侵入しての強盗という手口は田熊の傾向とは異なるが、被害者の頭部を殴りつける凶暴性は、被疑者の中でも特に田熊に合致する。田熊ら三人には二十四時間体制で監視がつけられ、並行して現場周辺の聞き込みや防犯カメラの精査も進められた。

九月五日午前三時十二分、葛は、捜査本部が置かれた管轄署の仮眠室で、泥のように眠っていた。仮眠室には捜査第一課の刑事がすし詰めになり、いびきが響き渡っている。どのような悪条件でも深く眠れるのは、ひとり葛のみならず、多くの刑事が職務上身に着けざるを得ない特技である。そして彼らは、目覚めも早い。所轄の刑事に揺り起こされ、葛はたちどころに覚醒する。

所轄の刑事が言う。

「田熊が事故を起こしました」

葛は半身を起こし、枕元の眼鏡をかける。

「無事なのか」

「わかりませんが、即死とは聞いていません。尾行していた刑事が救急車と交通課を呼びました。交通課は既に出ています」

交通課という言葉で、葛は、事故とは交通事故なのだと知った。

「どういう事故か、わかるか」

「合間(あいま)交差点で、田熊のワゴン車と相手の軽自動車がぶつかりました。事故の相手も存命です」

葛は頷き、自らの服を見る。寝間着などあるはずもなく、着ているシャツは皺だらけになっている。ネクタイを外しながら、葛は指示を出す。

「消防に田熊の搬送先を照会して、二人行かせろ。署の正面に車をまわせ。運転手は、地理に通じた所轄の人間がいい」

「わかりました」

足早に刑事が去ると、葛は糊の効いたシャツに着替える。ネクタイも締め直し、ジャケットをはおって仮眠室を出る。

窓から外を見ると、半月が皓々と照っている。月明りが照らす空に雲は少ない。天候は鑑識の効率を大きく左右する。事件発生の一報が入ったらまず空を見るのが、葛の習慣だった。


警察署から事故現場までは、車で十分程度の距離がある。所轄の刑事に運転させながら、葛は現場について基礎的な知識を聞く。

合間交差点は藤岡市の郊外にあり、東西方向に伸びる国道254号線と南北方向に伸びる市道が交わる交差点である。道はどちらも片側一車線だが、国道側には左折レーンが設けられている。信号機は車両用のものと歩行者用のもの、両方があると刑事は話した。

警察官が管内のことを知悉しているのは当然だが、交通課ならともかく刑事課の人間が郊外の交差点の様態まで把握しているのは、珍しいことだ。

「よく知っている」

葛がそう言うと、運転席の刑事はまっすぐ前を見ながら、

「家がそのあたりなので」

と答えた。

「事故は多いのか」

「それほどでもないですが、道が細いわりに民家が多く、物流のトラックなどが深夜にも通りますので、信号は二十四時間、通常通りの三色信号で動いています。現在、交差点の近くで工事が行われています」

パトカーは市街地を抜け、農地と民家が入り混じる平地を走っていく。

「もうすぐ合間交差点です」

刑事が言う。道が左に向かって緩やかにカーブしていき、行く手にまばゆいバルーンライトが現れた。道の片側を封鎖して、道路工事をしているのだ。工事用信号が赤く光り、青信号になるまでの時間を四十秒と表示している。

サイレンを鳴らして赤色灯を点灯させれば、警察車両は赤信号の交差点に進入することもできる。だが、工事用信号は無視できない。法的にいえば工事用信号に強制力はなく、パトカーならずとも無視して違法ではないが、単純に危険だからだ。待ち時間、葛は工事情報看板を読んでいた。これは下水道の工事らしい。

信号が変わった。工事現場を抜けると、夜の中に信号機と、事故処理車の赤色灯が見えてくる。交差点内では軽自動車が横転し、ワゴン車が正面から電柱に衝突していた。反射材を身に

着けた交通課員が誘導棒を振って、車を停める。葛は車の窓を開けて訊く。

「御苦労。本部捜査第一課の葛だ。現場の状況は」

　途端に、交通課員は表情を緊張させる。

「双方の車に乗っていたのはどちらも運転手一人だけで、共に救急搬送されました。捜査本部の刑事と協力して救護と現場確保、交通整理をしています。鑑識は応援待ちです」

　続けて交通課員は、交差点に面したコンビニを指さした。

「車はあそこの駐車場に入れてください」

　その誘導に従って、葛の乗る車はコンビニの駐車場に入る。コンビニ店内から、若い店員が物見高そうに事故現場を見ていた。葛は腕時計を確認する。現場到着時刻は午前三時二十八分だった。

　暑くもなく寒くもない夜である。夏の気配が残る季節の深夜、暑さと冷えが混じり合い、外は眠気を誘うほどに生暖かい。現場に残る二台の事故車のうち、葛はワゴン車に見覚えがあった。捜査本部の会議で配られた資料に出ていた、田熊の自家用車である。前面から電柱にぶつかったワゴン車は、フロントウインドウに蜘蛛(くも)の巣状のひびが入っている程度で、さほど大きく損壊していない。もう一方の軽自動車は横転していて、葛の位置からは底面しか見えなかった。道路の端には蓋(ふた)がない側溝があり、水が勢いよく流れている。

　私服の刑事が葛に駆け寄ってくる。田熊を尾行していた刑事は二人組で、その片割れだ。互いに目礼を交わすだけで、葛が単刀直入に聞く。

「事故の瞬間を見たか」

刑事もまた、余計な言葉は足さなかった。

「いえ。工事現場に視界を遮(さえぎ)られ、見えませんでした」

「事故までの状況は」

「午前二時二十九分、田熊は自宅アパートを出ました。あのワゴン車に乗り込み、近所のコンビニで握り飯と飲み物を買っています。その後は郊外方面に車を走らせたため、我々は三百メートル程度の距離を保って尾行を続けました」

「三百メートル？」

やや離れすぎている。刑事が説明を加える。

「前後に他の車が走っていない一本道ですから、尾行に気づかれないようにするには距離が必要でした。応援を要請しましたが、合流前に、こういうことに。事故の発生は午前三時十分ちょうどです」

そう言って、刑事は事故現場をちらりと見た。サイレン音が近づき、パトカーから交通課の応援がぱらぱらと降りてくる。事故処理車が到着した時点で現場保存や交通整理の人手はおよそ足りているだろうから、あれは交通鑑識を担当する係員を乗せているのだろう。

葛のスマートフォンに着信が入る。モニタには部下の名前が表示されている。

「葛だ」

さびた、押し殺した声が聞こえてくる。

『村田です。田熊は平井病院に搬送されました。いま、来ています』

「田熊の容体は」

『命には別状ないそうですが、それ以上の回答は拒否されました。事情聴取を控えてくれと言われましたから、軽傷ではないと思われます』

相手が警察であっても、医師が患者の同意なく傷病に関する情報を話すことは、基本的に犯罪に当たる。それでも訊けば答えてしまう医師もいないことはないが、捜査関係事項照会書を提示して守秘義務違反の免責を保証するのが、通常の手順になる。

「すぐに照会書を届けさせる。そのまま張りつけ」

『わかりました』

「田熊と衝突した相手も、同じ病院に運ばれたのか」

『そうです。名前は水浦律治(みずうらりつじ)、二十九歳。こっちは軽傷です。住所も押さえました』

「わかった。田熊の監視を優先しろ」

『了解しました』

電話を切り、葛は少し安堵する――田熊の死亡によって事件が未解決に終わるという結末は避けられそうだ。そして何より、事故で死人が出なかったことが、よかった。

スマートフォンをポケットに戻し、葛は二台の事故車をじっと見る。横転した軽自動車の上で、信号機が黄に変わり、赤に変わる。

「事故は、出会い頭事故だな」

私服刑事が答える。

「先ほども言いましたが、自分らは事故の瞬間を見ていません。ですが状況を見れば、ほぼ間違いなく、そうでしょう。それが、どうかしましたか」

刑事は訝し気に眉を寄せる。この刑事は管轄署の刑事で、今回の捜査本部で初めて葛の下についた。葛は、彼をちらとも見ない。

「信号交差点での、出会い頭事故だ。……いまのところ、田熊を強盗致傷で逮捕する決め手はない」

刑事は、しまった、という顔をした。一手遅れて、葛の考えを解したのである。

任意の事情聴取には、限界がある。強盗致傷事件の捜査本部としては田熊を逮捕して取り調べたいが、前科があるというだけでは、もちろん逮捕は出来ない。だがここに事故が起きた。事故はすべて起こるべきでない不幸な出来事だが、起きてしまったからには、捜査本部にとって好機でもある。刑事が言う。

「危険運転致傷罪ですか」

葛は事故現場から目を離さない。

「田熊が八年前に逮捕された時の調書を見たか」

「ええ。見ました」

「最初は威勢がよかったが、取り調べが進むとみるみる弱気になった。あれは、取り調べをのらりくらりとかわせるほど賢くも、肝が据わってもいない」

交通事故の当事者であるというだけで、田熊を通常逮捕して勾留することは難しい。だが、この事故の原因が信号無視であれば、危険運転致傷罪に問う余地がある。危険運転致傷罪は重罪であり、堂々と逮捕状を請求できる。

信号無視で危険運転致傷罪を適用できるのは、運転手が信号が赤であることを知っていて、意図的に無視した場合に限られる。今回の場合そこまでの証明は難しく、仮に送検に至っても起訴に辿り着くことは難しいだろう。だが肝心なのは、逮捕すれば田熊の身柄を押さえられるということだ。

ゆえに問題は、田熊は信号無視をしたかどうかの一点に絞られる。赤か、青か。

葛はふと視線を巡らした。田熊につけていた尾行は二人一組である。

「もう一人の刑事はどうした」

「交通課を応援して、道路封鎖をしています。呼びますか」

「そうしてくれ」

私服刑事がスマートフォンで同僚を呼ぶ。ほどなく、同じく私服の刑事が交差点から走ってくる。葛は二人に命じた。

「事故を見ていた者がいないか聞き込みをしろ。この時刻では通行人は期待できんが、コンビニ店員、それから下水道工事の関係者は何か見ているかもしれん」

二人の刑事は、もの言いたげに一瞬黙り込んだ。交通事故は交通課の管轄である。すでに目の前で交通課が事故処理に着手し、鑑識作業も始まっている。それをよそに聞き込みを始めれば、後でもめるのは目に見えている。だが、刑事らの躊躇は、一瞬というにも短かった。彼らは指示に従うだけであり、それに基づく軋轢を解決するのは上司の、今回の場合で言えば葛の仕事である。

「わかりました」

「行ってきます」

と答え、二人は葛から離れていく。それを見送りもせずに葛はスマートフォンを取り出し、

捜査本部の実質的な指揮官である小田指導官に電話をかける。

田熊が事故に遭ったという一報が届いていたのだろう。午前四時近い時刻にもかかわらず、

小田はすぐに電話に出て、前置きもなく訊いてきた。

『田熊が事故を起こしたそうだな。無事か』

「命に別状はないという報告を受けています」

そして葛は、用件を単刀直入に話す。

「田熊の交通事故、我々の捜査本部に担当させていただきたく、連絡いたしました」

小田が躊躇う気配がした。

『道交法で挙げるつもりか。強盗致傷は田熊が犯人と決まったわけじゃない。大胆な手を打つ

のは、早くはないか』

「もちろん、ほかの被疑者も並行して追わせます」

『刑事課の捜査本部に持っていかれれば、交通課はいい顔をするまい』

警察官は担当事案が増えることを喜びはしない。だが、自分たちが担当すべき事案を他部署に持っていかれることは、それ以上に嫌う。

葛は眉一つ動かさない。

「それは、そうでしょう」

電話の向こうから、溜め息が聞こえる。

『……鑑識はどうする。交通鑑識には専門知識が必要だが、捜査本部に交通課の人間はいないぞ』

葛は、ライトを頼りに路上の痕跡を探す制服警察官を見た。

「現在進められている鑑識の報告書を引き継ぎます」

『情報は交通課に集めさせ、事件は刑事課で担当するというのか』

「加えて、必要があれば、交通課には鑑識の応援もお願いしたい」

電話からの声が、束の間途絶えた。

『打てる手は全部打つというわけだな。いいだろう。署長には私から話しておく』

「よろしくお願いいたします」

『必ず成果を挙げろ』

電話が切れる。

葛は夜空を見上げる。鑑識作業と実況見分、事情聴取が進むまでは、どちらの車がどの方向から走ってきたのかもわからない。葛は現場を確認して問題を把握し、方針を定めて命令を下した。それ以上、前線ですべきことはない。葛はいったん、署に引き上げる。

捜査本部には、管轄署の会議室が割り当てられている。経費節減のため一部の照明しか点灯しておらず、部屋は薄暗い。

葛はそこで聞き込みの結果を待ちつつ、平井病院宛てに田熊の症状を照会する書類を作成した。捜査関係事項照会書の作成には所属長の決裁が必要だが、葛は藤岡市への応援に当たって、あらかじめ職印の押された書類を数枚持参している。正副二枚の書類を作って所轄の刑事に持たせ、病院で田熊の監視を続けている村田に届けさせる。ほどなく、電話で報告が入った。

『村田です。照会書が届きました』

「医師に聞けたか」

『はい。読み上げてよろしいですか』

葛は既に紙とペンを用意している。

「ああ。読んでくれ」

『はい。平井病院の大島(おおしま)医師に聴取したところ、田熊の怪我は胸骨と肋骨の骨折で、血胸(けっきょう)を併発していたため、緊急にドレナージを行ったとの回答を得ました。田熊は入院するとのことですが、入院期間については返答が得られませんでした』

胸骨の骨折は交通事故でシートベルトを着用していなかった場合によく見られるもので、ハンドルに胸をぶつけて発生することが多い。血胸は、胸腔(きょうこう)内に血が溜まっている状態を言う。

葛は医学を学んだことはないため症状の軽重は判断できないが、長年の経験から、血胸で開胸手術に至らなかったのなら重篤ではあるまいと当たりをつける。それでも、田熊は数日動けないだろう。

「わかった。水浦については」

『右肩関節の脱臼で、救急治療を受けたのちに交通課から事情聴取を受け、既に帰宅したとのことです』

「タクシーか」

『いえ、それはわかりません。医師からは聞けていません』

水浦が帰宅してしまったのは、やむを得ないことであった。本来ならば一刻も早く現場で検証を行うべきだが、実況見分は事故の当事者が揃っていることを原則とする。田熊が入院してしまった以上、見分は先延ばしになる。

「わかった。この件は捜査本部が担当する。医師からの許可が下り次第、事故について田熊から事情を聞け」

電話の向こうで戸惑う気配があった。

『交通事故の事情聴取ですか』

村田は、県下の精鋭を集めた捜査第一課の課員である。当然、事情聴取には練達している——が、交通事故の処理に関わった経験は乏しい。

「できるか」

葛が訊くと、返答は早かった。

『やります』

「よし。進捗があったら報せろ。夜が明けたら交代を送る」

電話を切る。

所轄の刑事がコーヒーを淹れてくる。この刑事もまた眠っておらず、顔には疲労の色が濃い。葛は、刑事を比較的休ませるタイプだ――睡眠不足は見落としを生み、見落としは捜査の失敗を意味すると考えている。だがそれでも、この疲れた刑事を休ませるわけにはいかなかった。何が起きるかわからない現状、すぐに動かせる刑事を、一人は確保しておく必要がある。

マグカップ一杯のコーヒーを飲み終える前に、合間交差点に残してきた刑事たちが戻ってくる。時刻は午前五時近かった。二人の刑事も、顔色が悪い。昨夜二十二時に田熊の監視を交代してから、ろくに休憩もなかったはずだ。葛はデスクの上で指を組み、報告を促す。刑事の一人が言う。

「まず、事故の状況を。我々が尾行していた時、田熊は、東西方向に延びる国道254号線を時速五十キロ程度で西に向かって走行していました。合間交差点の手前百メートルほどで、下水道工事のため、田熊が視界から外れました。我々は工事信号のため足止めもされています」

葛は眉をひそめた。それに気づかず、刑事が続ける。

「その間に、田熊の運転するワゴンと水浦の運転する軽自動車が出会い頭に衝突したという経緯になります。水浦の軽自動車が南北方向に延びる市道を走っていたことは間違いありませんが、進行方向は不明です」

葛は言った。

「尾行車両が工事信号に引っかかっていたことは、報告を受けていない」

刑事はたじろぎ、頭を下げる。

「申し訳ありません」

尾行車両だけが工事信号にひっかかったのなら、合間交差点での事故がなかった場合、おそらく刑事らは田熊を見失っていただろう。一般的に車両一台での尾行は困難とはいえ、これは失態と言える。

だが葛は、それ以上何も言わなかった。葛の沈黙を受けて、刑事が先を続ける。

「事故車を確認しましたが、田熊のワゴン、水浦の軽自動車の双方とも、ドライブレコーダーを搭載していませんでした」

「……そうか」

葛にとって、それは悪い知らせだった。県内のドライブレコーダー搭載率は直近のデータで四割前後であり、事故を起こした二台とも搭載していなかったとしても、殊更(ことさら)に不運だとは言えない。しかし今回ばかりは、葛もツキのなさを呪いたくなった。

だが何を呪っても、ないものはない。事実は通常の捜査で確かめるしかない。実際に、刑事は聞き込みを進めていた。

「下水道工事現場で誘導員をしていた男性が、事故を目撃していました。蒲田照夫(かまたてるお)、五十七歳。

住所も控えています。蒲田は、工事のための片側交互通行区間をワゴン車が走り抜け、そのまま合間交差点に赤信号で進入した後でブレーキを踏んだが、南から交差点に進入した車両と衝突したと証言しています」

葛はやはり黙ったままである。

もう一人の刑事が言う。

「こちらも目撃者がありました。現場の交差点に面して建つコンビニの店員です。名前は古賀久、二十七歳。一人で勤務していたところ、エンジン音に気がついた後でブレーキ音が聞こえ、さらに大きな音が聞こえてきた。咄嗟にレジ台から身を乗り出して交差点を見ると車が衝突していて、東西方向の信号機が赤、南北方向の信号機が青だったと証言しています」

葛は手元の紙に、十字を書いた。紙の上側に「N」と書く。Nは北を意味している。そして、十字の交点の右下に、丸を描いた。

「コンビニがあったのは、ここだな。北に面していた」

「そうです」

「レジの位置から信号機は見えるのか」

「はい。古賀の供述通り、身を乗り出す必要はありますが、事故現場も信号機も視界に入ります」

「防犯カメラはあるのか」

「駐車場を映しているものも含め、七台あります。録画データの任意提出を求めましたが、古賀はアルバイトで、店長に相談しないと自分の判断では提出できないと断られました。店長は午前六時からシフトに入るそうです」

「……そうか」

葛は椅子の背もたれに深く体を預けた。蒲田と古賀、二人の証言はいずれも、田熊が信号を無視して交差点に進入したことを意味している。まさに、願ったり叶ったりの証言だ。

立ち尽くす二人の刑事に、葛は言う。

「次の指示は追って出す。いまは休んでくれ」

刑事は会議室を出ていく。葛はそのまま、薄暗い会議室にしばらく残っていた。

午前七時、署長の川村が出勤してくる。

川村は捜査本部の副本部長に当たるが、実際には小田指導官が指揮を執るため、川村が主体的に捜査にかかわることは少ない。ただ今回は、田熊の事故を刑事課の捜査本部で担当するため、川村が交通課に話を通していた。その礼を言うため、葛は小田指導官に伴われて署長室に向かう。

署長室の前で、葛らは初老の警察官と行き会った。葛は彼が、ここの交通課長だと気づいた。交通課長は葛に気づくと、眉一つ動かさずに会釈してすれ違っていく。小田が署長室のドアをノックすると、「入れ」という返事がある。デスクの向こうで椅子に深く腰掛ける川村もまた眠れていないらしく、目の下には隈が浮かんでいる。

「調整のお礼を申し上げに参りました」

小田が言うと、川村はうるさげに手を振った。

「それで、どうだ。挙げられそうなのか」

「目撃証言を得ています。詳細は葛から」

小田に促され、葛は部下が集めた証言を署長に伝えていく。報告を聞きながら、川村はしきりに頷いていた。

「ドライブレコーダーは残念だったな。しかしまあ、それだけ証言があるなら問題はなかろう」

「現在、部下を防犯カメラの回収に向かわせています。時刻がはっきりしているので、データの精査には時間がかからないと見込んでいます」

葛がそう報告を終えると、川村は満足げにひときわ大きく頷いた。

「よくわかった。これで田熊は押さえられるな」

「いえ」

葛はそう答えた。

「さらに裏付け捜査を進めます。幸い今日は土曜日ですから、在宅の住人も多いでしょう」

川村が眉をひそめる。

「防犯カメラの精査は必要だ。鑑識の報告書も、待たなければならんだろう。だが裏付け捜査とはなんだ。現場の証言以上に、何が必要なんだ」

「別件逮捕といえど誤認は出来ません。慎重を期します」

「それは、もちろんそうすべきだが」

言いながら、川村はデスクの上の書類を無意味にめくる。そして葛と目を合わせると、溜め息をついた。

「言うまでもないが、当然逮捕してしかるべき状況で容疑者を野放しにすることはできん。交通課も、それでは浮かばれん」

「承知しています」

「なら、いい。捜査に戻ってくれ」

「はい。失礼します」

小田と葛は署長室を辞し、会議室へ向かう。

午前四時にはがらんどうだった部屋は、厳しい顔つきの刑事で埋め尽くされている。平井病院で田熊に張りついている刑事と、コンビニに防犯カメラデータの任意提出を求めに行っている刑事を除いた捜査本部全員が、会議のために集まっているのだ。

県警本部から派遣された刑事たちは全員が、管轄署に所属して捜査本部に動員されている刑事も半数以上が、署内の道場や刑事課に泊まり込んでいる。機嫌のいい顔をしている者は、一人もいない。眠い目をこじ開けるためか、茶をがぶ飲みする者も一人や二人ではなかった。

所轄の刑事が葛に近づき、書類を手渡す。昨夜、水浦律治が受けた事情聴取の聴取書だった。交通課からまわってきたものであろう。葛は会議に先立って、書類に素早く目を通す。

小田が捜査会議の開始を告げる。

まず、田熊以外の被疑者の尾行結果、現場周辺の聞き込みの結果が報告される。こちらは、特に収穫はなかった。小田は次いで、今日未明の交通事故について周知する。田熊の信号無視が濃厚になった場合、危険運転致傷罪で身柄を押さえる方針についても説明がなされる。

ひととおりの連絡が済むと、小田は葛に主導権を譲った。葛は手元にマイクを引き寄せる。

「聞いた通りだ。また、新しい情報が入ったので共有する。田熊と衝突した水浦律治は、市内のスーパーマーケット〈ほみたや〉に勤務している。交通課はあくまで交通事故の当事者としての事情聴取しか行っておらず、家族関係などは不明。昨夜九時頃、友人の家に遊びに行き、その帰り道で事故に遭ったと供述している。呼気からアルコールは検出されていない。水浦は、自分が交差点に進入した時、信号は青だったと供述している。これの裏付け捜査を行う」

会議場がざわめくが、葛は指示を続ける。

「他の被疑者の尾行、現場周辺の聞き込みは引き続き行うが、同時に、田熊逮捕のために配置替えを行う。いまから名を呼ぶ者は、事故捜査に当たってもらう」

そうして聞き込み班から二人、尾行班から一人と人数を抽出していき、葛は事故捜査に四人を用意する。引き続いて、コンビニの防犯カメラの精査には二人を割いた。

「それから、証言をした誘導員の蒲田照夫、コンビニ店員古賀久、この両名の裏を取るように。田熊に対して不利な証言をする理由がないか、慎重に捜査を進められたい」

証言者と被疑者に特別な関係がないかを調べるのは、通常の手順ではある。だがいま、捜査会議の席上には、なんとはなしに戸惑いの雰囲気が満ちている。川村と同じように、刑事たちもやはり、決定的な証言を得ていながら葛がこの上に何を望んでいるのか、わからなかったのである。

だが、異論は出ない。小田が会議室を見まわして命令する。

「よし。始めろ」

刑事たちがいっせいに席を立つ。時刻は八時を過ぎている。

静かになった会議室には、葛をはじめ、指導官などの捜査幹部だけが残っている。やがて他の幹部は出て行くが、葛は繰り返し資料と報告書を読み込んでいた。

八時半に、事故現場近くのコンビニから刑事が戻ってくる。コンビニの店長は、六時から店に入っていたはずだ。つまりこの刑事、録画データを手に入れるまでに二時間半近くかかったことになる。フラッシュメモリを提出しながら、刑事は言い訳がましく言った。

「朝の混雑で、店長の手が空きませんでした」

合間交差点のコンビニは幹線道路沿いであり、朝食を求めるドライバーが多かったことは想像に難くない。葛は部下を労(ねぎら)いもせず、責めもしなかったが、刑事はさらに言葉を続ける。

「今朝のシフトは、入荷からレジまで店長一人でまわしています。店長が奥さんをヘルプに呼んでレジ番を任せたので、ようやく、話が出来ました」

葛はふと、刑事の顔を見た。

「レジを打てるということは、店長の妻も店員なのか。それでも朝の時間帯に店長が一人で勤務していたのは、なぜだ」

「身重です。……我々は、待つと言ったのですが」

葛は頷いた。

「わかった。聞き込みにまわってくれ」

刑事たちが会議室を出ていくと、葛は所轄の刑事にフラッシュメモリを渡し、ビデオ精査を担当する刑事に渡すように指示する。葛のスマートフォンに着信が入る。病院で田熊に張りついている村田からだ。

「葛だ」

『田熊への聴取が許可されました。事情聴取を始めます』

葛は少し考え、デスクの上の資料を一瞥する。到着を待っている資料のうち、防犯カメラのデータは来たが、鑑識からの報告書はまだ来ていない。葛の手が空く。

「俺も立ち会う。待て」

『……わかりました』

電話の向こうで、村田が渋い顔をしたのが見えるようだった。上司が聴取に立ち会えば、刑事は仕事がやりにくくなる。それがわかっていてなお、葛は部下が人に会う時、立ち会うことを好む。

人の顔を見て、声を聞き、人間像を大づかみにした上で、葛はそれらをすべて疑う。

平井病院は、警察署から百メートルほどしか離れていない。歩いても知れた距離だが、葛は所轄の刑事に命じて車を運転させる。何か急事が出来した際、車が近くにないという事態は避けねばならない。

田熊が入院しているのは、一般病棟の四階だった。村田と合流し、葛はまず、診察室で担当医師から説明を受ける。

医師は若い男だったが、刑事課の男たちを相手にも堂々と物を言った。

「患者には車椅子に乗ってもらいます。強い痛みがありますので、過度の負担は避けてください。処置の際の開口部がまだふさがっていませんから、揺さぶったりすると出血のおそれがあります」

葛は医師の顔を見る。どことなく表情が抜け落ち、まぶたが腫れぼったく、頬もむくんでいる。警察でもよく見る種類の顔だ——あまり休んでいないのだろう。

医師の言葉に、村田が素直に頷く。

「気をつけます」

「聴取には、談話室を使っていただきます。私が立ち会ってもよろしいですか」

村田が物問いたげな目を向けてくるが、葛は反応しなかった。特に指示をするまでもないと考えたからである。村田は医師に向け、申し訳なさそうに言う。

「それは、ご遠慮いただきたい」

「わかりました」

さほどこだわりもなく、医師はそう答えた。

「では、なにか様子が急変したら、すぐにお知らせください。場所はナースに案内してもらいます」

土曜日の病院は人の数が少なく、看護師たちが足早に廊下を行き来するほか、見かける患者は老人ばかりである。看護師について廊下を歩きながら、村田が声を殺して葛に訊く。

「幅広く聞きますか」

「事故の調書を取れ」

「わかりました」

案内をする看護師には、葛らの会話が聞こえたとしても意味は分からなかっただろう。村田は強盗致傷事件に関してゆさぶりをかけるかと訊き、葛は交通事故の事情聴取に内容を絞れと指示したのである。

「こちらです」

看護師が立ち止まる。

談話室は、太陽の光が射しこむオープンスペースだった。テーブルと椅子が何脚も並び、飲み物の自動販売機や給水機が置かれている。床の色合いは温かみのあるペールオレンジとベージュの市松模様で、天井からは折り紙で作った輪飾りが下がっている。窓際で車椅子に座り、ふてくされたように頬杖をついているのが田熊だった。

村田が看護師に、困った顔を向けた。風通しのいい開放空間で捜査の話をすることに本能的な警戒心を抱いたのである。

「壁のある部屋をお借りできませんか」

看護師もまた、困っていた。

「患者さんのためにもその方がいいと思うんですが、ほかにないんです。個室の病室を使っていただくわけにもいきませんし」

談話室に余人が近づかないよう通達が出ているらしく、見舞客も患者も近くにはいない。葛は村田に言う。

「やむを得ん」

「……はい」

角の丸い木目調のテーブルを挟んで、葛らと田熊が向かい合う。村田がクリップボードを構えて、訊く。

「こんにちは。事故の詳しい状況をお聞きします。まず、名前と生年月日と住所を」

田熊は探るような目で刑事を見る。

「田熊竜人」

と彼は名乗り、生年月日と住所も答えた。

八年前の逮捕時の資料に比べ、田熊はむろん、年を取った。少し太ったようでもある。淀んだ目は資料写真のとおりである。田熊の声を、葛は初めて聞いた。

村田は事情聴取を進める。

「職業は？」

「求職中」

「事故に遭うまでの経緯を話してください」

田熊の供述は、おおよそ以下のようなものであった。

彼は午前二時半に自家用のワゴン車で自宅を出発し、藤岡市内のコンビニに立ち寄った後、国道に入って問題の道路を西進した。現場に差し掛かったのは午前三時頃で、車の時速は五十キロほどだったという。

事故の調書を取ることに専念せよと命じられたはずの村田が、田熊に訊く。

「そんな夜更けに、どこに行くつもりだったんですかね」

「釣りだよ」

田熊は嘲笑を浮かべた。

「川釣りです。早めに出ないとね」

「ほう、何が釣れますか」

「岩魚(いわな)。車に釣竿を積んでただろ？」

「釣竿ですか」

村田が一瞬、鋭い目をする。釣竿の確認を口実に、車の中を捜索する同意を求めることも出来ると考えたからだ。だが葛は沈黙したままで、村田はそれを「動くな」という指示だと受け止める。村田は事故に話を戻す。

「それで、二時半から三時頃、国道を時速五十キロで走っていた。それから？」

「後は別に話すこともねえよ」

田熊は、さも痛そうに顔をしかめる。

「工事信号が青だったから、そのまま進んだ。交差点の信号も青だったから、ついてると思ってそのまま走っていった。そしたら、左からいきなり軽が飛び出してきたんだ。ブレーキを踏んだけど間に合わなかった。なんとか避けようとハンドルを右に切ったのがまずかった。相手にぶつかってから車が滑って、電柱にぶつかった。救急車が来たから運ばれた。それだけ」

刑事がペンを動かす手を止める。

「信号は青だった、と」

「そうだよ」

そう言ってから田熊は、はっと目を見開いた。

「あ、わかった。さては相手も青だったって言ってるな？　でたらめだ！」

「相手の供述は言えませんがね。ちなみに田熊さん、自分の側の信号が青だったたって証明できるもの、何かお持ちですか。ドライブレコーダーとか」

「そんなもん、付けてねえよ。どうせ、とっくに確認してんだろ……つつつ」

田熊は胸を押さえて背中を丸める。今度は本当に痛みが走ったようだ。脂汗(あぶらあせ)を流し、苦しい息の下から、それでも語気を荒らげる。

「いいか、ちゃんと調べろよ！　俺の側が青だ、性根据えて、きっちり調べろ。ネズミ捕りばっかしてねえで、たまには役に立てよな！　いてえ！」

昂奮（こうふん）した田熊は滑舌も悪く罵倒を繰り返していたが、村田はなだめすかして細かい点を確認し、必要なだけの聴取を取り終える。

葛が署に戻ると、交通課から鑑識報告書が届いていた。それほどの厚みはない。会議室の前方に置かれたデスクで、葛は報告書に目を通していく。記述は丁寧で、一見してわかるような見落としはない。そして、これまで葛が得てきた証言と矛盾するような鑑識結果は出ていないとわかった。

すなわち、田熊のワゴン車は制限時速五十キロの国道を西に向かって走っていて、水浦の軽自動車は制限時速四十キロの市道を北に向かって走っていた。合間交差点に進入した時、田熊のワゴン車がブレーキをかけた。ブレーキ痕の長さから速度を割り出すことは出来るが、今回の事故の場合ワゴン車は制動の途中で軽自動車に衝突したため痕跡が途切れており、正確な数字は割り出せない。一方で、水浦の軽自動車がブレーキをかけた痕は見つかっていない。

水浦の軽自動車の側面に田熊のワゴン車が衝突し、軽自動車は横転、ワゴン車は道路北側の電柱に衝突した。衝突後の運動として不自然さはない。また、病院で行われたアルコール検査の結果、田熊の呼気からもアルコールは検出されなかった。

鑑識報告書からは、田熊を危険運転致傷罪に問うべき理由は何一つ見いだせない。葛が沈思していると、所轄の刑事が近づいてきて報告をした。

「コンビニの防犯カメラの精査、終わっています」

「そうか」

「田熊のワゴン車が映っているのは、外に設置されていた一台だけでした」

刑事はデスクの上に、画像のプリントアウトを置く。防犯カメラの解像度は高く、田熊のワゴン車のナンバープレートから、運転席の田熊の顔まで判別できる。画像の中で、田熊は右手だけでハンドルを握っていた。

「午前三時十分ちょうどに映っていました。交通課に協力を依頼し、ワゴン車の速度を割り出してもらいましたが、時速五十キロから五十五キロの間で、急な加速や減速は見られないとのことです」

「信号はどうだ。停止線は映っているのか」

刑事の返答は、少し遅れた。

「いえ。どちらも映っていません」

防犯カメラに信号機が映っていないのが自分の責任でもあるかのように力なく言ったあと、刑事はやや勢い込む。

「ですが、事故を目撃している可能性がある人物は見つけました。これを見てください」

新しいプリントアウトがデスクに重ねられる。そこには、画面の右側に向かって走る白い乗用車が写っていた。

「この車が東方向に向けて走っていったのは、ワゴン車が画面から消えた七秒後の事です」

葛はプリントアウトを手に取った。

「運転手は事故を見た可能性があるな」

「はい。映ったナンバープレートを基に、車の所有者は調べてあります。岡本成忠（おかもとなりただ）、五十二歳です」

その情報を聞いても、葛はプリントアウトから目を離さなかった。

岡本の乗用車が合間交差点を東に向かったのなら、田熊を尾行していた刑事の車とすれ違ったはずだ。おそらく、刑事らが工事信号で足止めされていたタイミングでのことだろう。刑事たちが、工事信号を待っている間に進行方向から来た車のことを憶（おぼ）えていれば、その車の運転手は事故を見た可能性があると気づけたはずだ。

対向車とすれ違ったというだけの事実を、いちいち記憶しておくのは難しい。尾行という神経を使う作業の中ではなおさらだ。だがそれでも、岡本の乗用車とすれ違ったことを意識に上らせなかった刑事らは、今後、今回の捜査で重要な役を割り当てられることはないだろう。

所轄の刑事を下がらせ、葛は聞き込み班の一組に電話をかけて岡本の自宅に向かわせる。

いったん、報告の波が途切れた。葛は午前三時過ぎに事故の第一報を聞いて以来、食事をしていない。菓子パンとカフェオレで朝食に代え、瞬く間にそれを腹に納めて、もう一度資料を見直す。

――田熊と直接会って、葛は二つのことを確信していた。

金井みよ子の自宅に侵入し、同人を殴打して現金を奪った強盗致傷犯は、田熊竜人だ。

葛は、九月三日の強盗致傷事件を偶発的なものと考えている。金がありそうだから上がり込んだ、人がいたから殴って逃げた……凶悪な犯罪だがあまりに短絡的で粗暴で、常習犯の匂いがしないと見ていた。鑑識で有力な証拠が発見できなかったのは犯人が用意周到だったからではなく、単に犯人の運がよかったからだろうと考えていた。

田熊に会ってその声を聞いて、葛は、子供じみた声だと感じた。葛は盗犯係に配属されたことはないが、それでも幾人かの窃盗常習犯とは接触している。彼らはあんな、世を拗ねた子供のような声はしていなかった。田熊は、葛が考える犯人像に一致する。

だが同時に、葛はこうも確信した。——合間交差点での事故で、田熊は信号を無視していない。田熊は葛の目をごまかせるほどの、卓越した嘘つきではない。少なくとも田熊の主観において、信号は青かったのだ。

だが、それは証言とは矛盾する。交通誘導員の蒲田とコンビニ店員の古賀は、揃って、田熊の側の信号が赤だったと主張している。

もちろん、実際には赤だった信号を田熊が青だったと思い込んでいる場合も、ないとはいえない。自分に嘘をつき続けるうちに嘘を本当だと思い込んでしまうことも、よくある話だ。今回のケースもそれらに該当するのだろうか?

——今回の事案では、おかしな点が二つある。

一つは、深夜三時すぎに郊外で起きた自動車事故で、目撃情報がたちまち二件も集まったことだ。目撃者の蒲田と古賀はどちらも現場の近くで働いており、事故を見ていたということは不自然ではない。だがそれでも、これほど手早く証言が得られたことに、葛はどうしても引っ掛かりを憶えずにはいられない。目撃者を集めるのには、ふつう、もっと苦労するものだ。苦労をしたかったわけではないが、今回はあまりにスムーズ過ぎた。

もう一点、葛が奇妙に感じているのは、証言や供述から浮かび上がってくる田熊の運転の様子だ。——田熊はなぜ、あんな運転をしたのだろう。

スマートフォンに着信が入り、葛の思考は中断される。聞き込み班の刑事からだった。電話を受けると、どこかしら誇らし気な声が聞こえてくる。

『班長、目撃者を見つけました』

葛は手元にペンと紙を引き寄せる。

「話せ」

『現場交差点近くに住む男性が、自宅の窓から事故を見ていました。紙川翔祐(かみかわしようすけ)、二十歳、大学生です。午前三時頃、ブレーキ音に続いて衝突音がしたので窓から外を見ると、二台の車が衝突していた。東西方向の信号が赤だった、とのことです。詳しい調書は、いま宮下が取っています』

東西方向の信号とは、つまり、田熊の側の信号である。これまでの証言と一致する。

葛は今日の未明、現場の交差点に到着した時、二階の明かりがついている家があったことを思い出す。午前三時に起きている人間がいることは別段不自然ではなく、実際、葛もその時間に起こされた。だが捜査となれば、確かめておくべきことがある。

「紙川は、その時間に何をしていたんだ」

『パソコンでゲームをしていたそうです。〈ビロング・トゥ・アス〉というゲームで、友人と遊んでいたとか』

警察官は広い知識を持たなくてはならない。どんな雑学も飯の種であり、葛も世間一般の水準に照らせば博識と言っていい。だがその葛も、刑事が調べてきたゲームの名前は知らなかった。メモを取りつつ、命じる。

「紙川が使っていたハンドル名は、わかるか」

『確認済みです。ええと……』

手帖を繰る音がスマートフォンから聞こえる。

『オウルベース、です』

葛は綴りを何度か確認し、"owl-base"というハンドル名をメモに書きつける。

『紙川はネット上の友人と、相当難しいゲームで遊んでいたようです。集中しなければいけないのに事故のせいでしくじった、というようなことを言っていました』

「しくじったと言ったのか」

『はい、あ、いいえ。正確には、負けたと言っていました』

「そうか。紙川の裏を取れ」

『わかりました』

通話を切ると、葛はすぐに、別の刑事を呼び出す。オンライン上に犯罪の端緒や計画があるケースは、年を追って増加している。刑事は足で稼ぐと言い張ってネットを敬遠していられる時代はとうに過ぎたが、それでも、すべての刑事が情報社会に精通しているわけではない。葛が電話で呼び出したのは、葛班の中でも特にネット捜査を得意とする刑事だった。

『はい榊野です』

「現状はどうだ」

『強盗被害者宅周辺で聞き込みを進めています』

「交通事故現場付近で、目撃者がいた。オンラインゲームを遊んでいて、ブレーキ音に続いて衝突音がしたので外を見たという。遊んでいたゲームは〈ビロング・トゥ・アス〉だというが、知識はあるか」

『ええ、わかります』

「目撃者の、事件当時の行動を洗う。戻って、ネット上の痕跡を辿ってくれ」

『……了解しました』

電話を切る。その刹那、葛は耐え難いねむけと、眩暈を覚えた。捜査本部に属する刑事らは、事件解決までまともな休みを与えられない。むろん葛も同じことである。葛は所轄の刑事に、緑茶を濃く淹れさせる。


午後四時、捜査会議が招集される。署長の川村は捜査本部で行われるすべての会議に臨席しているわけではなかったが、今回は、小田指導官の隣に陣取っていた。

まず、田熊以外の被疑者に関して報告がなされる。強盗致傷事件の三人の被疑者のうち、一人について不在証明が成り立つことが判明した——当該被疑者は事件当日、既婚女性と密会のため、神奈川県の七沢温泉に行っていた。これで有力な被疑者は二人に絞られた。

会議の後半は、合間交差点での事故に関する目撃者と、その証言内容について報告が行われた。第一に、コンビニ店員の古賀について資料が配られた。裏を取った刑事が椅子から立ち上がる。

「古賀久には、傷害の前科があります。二十三歳の時、東京新宿で酒に酔った男性数人とトラブルになり、相手を振り払ったところ、倒れた相手が鎖骨骨折の重傷を負ったために逮捕されました。起訴され、懲役二年六ヶ月、執行猶予四年の有罪判決を受けています」

刑事らがわずかに色めき立つ中、葛はテーブルの上で指を組み、口許を引き結んでいる。

「事件後に勤めていた食品加工会社を解雇され、その後は職業を転々としていましたが、二年前からは平井南高校の定時制に通い、アルバイトと学業の二足の草鞋を履いています。いまのコンビニエンスストアでのアルバイトは親族の紹介で雇われたようですが、店長の鈴木泰輔は古賀の前科を知っていて、彼への不信感を隠していません。義理がある相手からの紹介で、人手不足でもあるので、やむを得ず雇っていると公言しています。田熊竜人、水浦律治との関係は、いまのところ見つかっていません。以上です」

報告を終えようとする刑事に、葛が訊く。

「昨日の、古賀のシフトはわかるか」

刑事は手帖を繰り、きまりが悪そうに答える。

「はい。聞いています。古賀は昨日、午前六時から午後二時までのシフトに入っています。その後、午後十時から午前六時までのシフトに入りました」

会議場がどよめく。葛はメモを取る。

「わかった。次」

二人目の刑事が立って、報告を始める。

「工事現場の交通誘導員、蒲田照夫ですが、藤岡市内で主に金属製品を扱う雑貨店、〈蒲田商店〉を営んでいます。配偶者の蒲田幸代（ゆきよ）に話を聞いたところ、取引先の倒産で資金繰りに行き詰り、今月末までに二十七万円を入金出来ないと手形が不渡りになるそうです。蒲田は金策を続ける一方で、夜は誘導員のアルバイトをして、不足を補おうとしているようです」

刑事は資料のページをめくる。

「蒲田の働きぶりですが、評判がよくありません。一昨日の午前五時頃、工事信号が赤であるにもかかわらず交互通行区間に進入した車両があり、危うく正面衝突になりかけたそうです。証言によれば蒲田はこの車両に対して注意を呼び掛けておらず、現場監督は蒲田を別の人員と交代させるべきだと考えています。蒲田は昨日、午後十一時から現場に入っていました。田熊、水浦との関係は不明です」

葛からの質問がないことを確かめ、刑事が椅子に座る。

三人目の刑事はコピーが間に合わなかったらしく、席を立ってから資料を配り始める。その資料には、白い車を捉えた防犯カメラの映像が付されていた。全員に資料が行きわたるのを待ち、刑事が報告を始める。

「えー、現場近くのコンビニに設置された防犯カメラに、事件直後に走り去る、白のプリウスが映っていました。ナンバープレートを元に運転手を訪ね、事故について訊いたところ、事故前後の状況を目撃していたとの証言を得られました。車の持ち主は岡本成忠、五十二歳、職業は医師で、勤務先は藤岡中央病院、所属は救急科。九月三日の午前九時に勤務を開始し、当夜は病院にて宿直、明けて九月四日も勤務を続け、今日五日の午前二時半に退勤しています。守秘義務に引っかかって詳しいことは聞けませんでしたが、どうも相当、難しい患者が立て込んだようです。今日は午前七時から再びシフトに入っていますが、引き継ぎのために六時半には出勤しています」

うめくようなざわめきが起きる。二時半に退勤し、六時半に出勤——岡本の勤務形態は、刑事らに相通じるものがある。

「以下、岡本の証言を読み上げます。午前三時頃、帰宅のために国道を東方向へ進行し、合間交差点を青信号で直進した。交差点の東およそ百メートルの位置にある工事信号が赤だったので停車したところ、ブレーキ音につづいて衝突音が聞こえ、バックミラーで確認したところ、合間交差点で車が衝突していた。信号機は赤だった」

合間交差点の東で停車していた岡本が事故直後に見た信号は、東西方向のものだったはずだ。つまり岡本の証言もまた、田熊が信号を無視したことを示唆している。

「岡本の勤める藤岡中央病院は、強盗致傷事件の被害者である金井みよ子が搬送された病院ですが、金井と岡本に特段の関係は見つかっていません。田熊ならびに水浦との接点も、いまのところ、ないようです。以上です」

川村が驚きを滲ませた。

「つまり岡本は、間近で事故があったのに救護しなかったのか」

「そういうことのようです。救護すべきかと思ったが、通りかかった車から人が下りて救護を始めたのを見て、そのまま帰宅した、と言っていました」

川村は不満げに唸る。川村は生活安全部を中心に奉職してきた警察官であり、犯罪の検挙や事故の防止はもとより、被害の最小化への意識が大きい。岡本が救護しなかったことで、事故は死亡事故に発展したおそれもあった……と考えたのだ。だが、医師が勤務時間外に、負傷者を自発的に救護しなかったことは、犯罪ではない。報告された岡本の激務を思えば、倫理的に問題があったと考えることさえはばかられる。結局、川村はひとつ唸ったきり、次の言葉を発しなかった。

葛が訊く。

「岡本の車にドライブレコーダーはあったか」

さして期待を込めた質問ではなかった。あったのなら、真っ先に報告してくるはずだからだ。案の定、刑事は言った。

「ありましたが、前方を録るタイプです。事故は岡本の車の後方で起きましたから、映っていません」

それで、岡本に関する報告はひとまず終わった。

次の刑事が、資料を手にして椅子から立つ。

「現場付近の民家で、事故を目撃していた人物がいました。紙川翔祐、二十歳、大学生——」

刑事の報告は、葛が電話で受けたものと同じであった。すなわち、ゲーム中に事故の物音を聞いて窓から外を見たところ、田熊の側の信号が赤だったのを見た、というのである。目撃証言に続けて、刑事は紙川について話す。

「紙川は群馬大学の三年生ですが、母親によれば今年に入ってからほとんど通学せず、もっぱら自宅のパソコンでゲームをしています。部屋に引きこもっているわけではなくコンビニなどにはよく行くそうですが、起きている時間は不規則で、朝六時に起きることもあれば夕方まで寝ていることもあって、午前三時にゲームをしていても不自然ではないそうです。紙川翔祐と田熊、水浦との接点は発見できていません」

通常の聞き込みに続いて、インターネット上の捜査を担当した榊野が報告を始める。

「紙川翔祐は、〈ビロング・トゥ・アス〉というオンラインゲーム上で、オウルベースというハンドル名で活動しています。〈ビロング・トゥ・アス〉はアメリカ製のゲームで、それぞれのプレイヤーは都市国家を運営して、ほかのプレイヤーと協力したり、互いに戦争をしたりします。紙川はこのゲーム中でクランリーダー、つまり、複数のプレイヤーから成るチームの代表です」

話についていけないのか、会議場の刑事の多くが怪訝（けげん）そうな表情を浮かべる。榊野は構わず、葛ひとりに向けて報告を続ける。

「紙川が率いるチーム〈フィフス・カラム〉は昨日、別のチームと大規模な戦闘を行い、敗北しています。〈フィフス・カラム〉のメンバーが用いる掲示板では、戦闘の途中で紙川の指揮が途絶えたため、攻撃のタイミングを失って敗北したという不満が複数書き込まれていました。それに対して紙川は、家の近所で大きな事故があり、安全を確認していたために指揮が滞ったと説明しています」

刑事が言葉を切ると、葛が訊く。

「その敗北というのは、何時頃の話だ」

「午前三時十五分頃です」

午前三時十分に発生した交通事故に対して安全を確認していたという紙川の証言と、時間的には矛盾しない。葛はメモを取りつつ、さらに訊く。

「〈フィフス・カラム〉は複数のプレイヤーから成っていると言ったが、具体的には何人か、わかるか」

「休眠メンバーもいるようで、はっきりとはわかりません。ウェブサイトでは、百人と称しています」

榊野は思いついたように付け加える。

「メンバーの国籍は様々です。アメリカ、ブラジル、シンガポール、ポーランド、インドのメンバーが確認できています。紙川は昨夜の『戦争』に備えて、過去二日間、メンバーそれぞれに細かな指示を出していたようです」

「指示を？」

葛が眉を寄せる。

「それだけ複数の国に跨るメンバーに、どうやって指示を出した」

「オンラインの捜査だけではっきりとは言えませんが、掲示板に残る書き込みから判断すると、主にリアルタイムでチャットを使っていたようです。使用言語は英語です」

葛は「わかった」とだけ言う。会議は終わりへ向かう。


日が暮れていく。会議室で捜査を指揮する葛のスマートフォンに、着信が入る。群馬県警本部刑事部捜査第一課長、新戸部四郎からの電話だった。

新戸部は葛の捜査について、捜査指導官を経由してすべての報告を受ける立場にある。建前上は捜査本部の副本部長だが、同時期に伊勢崎市で殺人事件が発生したため、そちらの指揮に専念しており藤岡市には現場入りしていない。

新戸部から葛に指示が下される場合、指導官を介するのが筋である。新戸部から直接電話をかけてくるというのは、異例と言えた。

新戸部の声は、不機嫌だった。もっとも、新戸部が葛に話をするときは、常にそうだ。新戸部は葛を疎んでいる。

課長まで昇った新戸部は、部下に対して、自らに忠実であることを求める。別の言い方をすれば、新戸部は周囲をイエスマンで固めることを好み、衷心からの進言よりも、露骨な阿諛追従を良しとする。警察という上意下達の組織にあって、烏は白いと上が言えば、下が御説ごもっともでございますと従うのは正しいあり方だと信じているからである。

だがその新戸部の部下に、彼の顔色を窺う刑事はほとんどいない。新戸部自身が、おのれの機嫌取りをする刑事と有能な刑事を比べて、後者ばかりを捜査第一課に引っ張ってくるからである。どこかに一人ぐらい、自分の腰巾着でありながら有能な刑事がいないかと切望しながら、新戸部は結局、自らの意をろくに汲まない実力主義の集団を組織してきた。それゆえに新戸部は部下に接する時、常に機嫌が悪い。

新戸部が訊く。

『なぜ田熊を逮捕しない』

葛は即座に答える。

「捜査が尽くされていませんので」

『目撃証言が出たと聞いた。何件だ』

「四件です」

スマートフォンの向こうで、新戸部が一瞬、黙り込んだ。新戸部もまた、実力で昇進を重ねた警察官である。深夜三時の交通事故に四件の目撃証言があったと聞いて、運がよかったと喜びはしない。

『少し、多いな。目撃者はどういう人間なんだ』

「下水道工事の誘導員、現場に面したコンビニの店員、帰宅途中の医師、ゲームで遊んでいた大学生です」

『ふむ……』

続く新戸部の声には、彼自身自分の言葉を信じていないような気配があった。

『たしかに珍しい。だが、あり得ないことではないだろう。四人の証人が揃って偽証する理由でもあるなら、話は別だが。田熊を野放しにする理由はそれだけか』

「いえ」

捜査を進めるうちに得た情報の一つが、小さな矛盾を引き起こしている。強盗致傷という重罪に比べればあまりに些細な問題だが、それは厳然として存在している。

「田熊は、時速五十キロで走行していました」

『現場の制限速度は』

「五十キロです」

スマートフォンから、新戸部の唸り声が聞こえてくる。

『……そうか』

田熊を尾行していた刑事は、前後に他の車が見当たらない一本道だったので尾行の際に大きく距離を取ったと言っていた。つまり前を走る車に遮られたわけではなく、田熊は自らの意思で、制限速度を守っていたのだ。

ふだんから田熊が交通法規を守っているというわけではない。田熊は懲役を終えた後、すでに二度、スピード違反で捕まっている。それなのになぜ今日の未明に限って、田熊は安全運転を心掛けたのか。

「田熊は警察を警戒していたと考えられます。交通取り締まりで警察と接触するのを嫌って、制限速度を順守したのでしょう」

そう考えるゆえに葛は、田熊が信号無視をしたとは考えない。

苦々しい声が返る。

『それが逮捕を遅らせる理由か。一理ある。だが、証言はどう考える』

「当てになりません」

『なぜだ？　四人が揃って嘘をつく合理的な理由はなんだ』

まさにそれこそが、葛がこの日、ずっと考えていたことであった。誘導員の蒲田とコンビニ店員の古賀が、揃って田熊に不利な証言をした理由は何か。医師の岡本と大学生の紙川も同じ内容の証言をしているのはなぜか。

何か、見落としていることがある。だがそれを突き止めることが出来なければ、証言は真実として取り扱うしかない。刑事が目撃者を探し出し、供述を取ってきたものを黙殺は出来ない。葛は警察官である。犯罪の事実を確認し、犯人を特定する証言が真実だと認められるのなら、しかるべき手続きを進めなくてはならないのだ。

だが葛は確信している。田熊を危険運転致傷罪で逮捕したならば、それは誤認逮捕になるだろう。

新戸部の声には、葛の窮地を喜ぶような響きがある。

『皮肉だな、葛。つまりお前は、田熊を逮捕しないための裏付け捜査をしている。捜査が奏功して逮捕を避け得たら、お前は捜査本部の時間と人員を浪費したことになるわけだ。まさか忘れてはいないだろうが、捜本の目的は強盗致傷事件の解決だ。交通事故のために、捜査第一課を送り込んだわけじゃない。――半日やる。その間に証言の信憑性が崩れなければ、逮捕状を取れ』

そう言い放ち、葛の返事を待たずに電話は切れた。

新戸部が用意した半日という時間は、葛の目算よりも長い。いますぐに逮捕しろと言われても抵抗しにくい状況であった。

会議室には多くの刑事が出入りする。電話もかかってくる。休日の夕暮れ時、まだ夜には早いのに、引っ張られてきた酔漢と思しい怒鳴り声が署内に響く。この環境の中で、葛は資料と向かい合う。

新戸部の言うことは正しい。交通誘導員、コンビニ店員、大学生、医師、この四人には見えない繋がりがあるはずなのだ。それは何か？

葛はまず、問題を二つに分ける。四人の証言が真実であった場合と、嘘であった場合だ。葛は前者の可能性をもはやほとんど考慮していないが、もし前者の場合であれば、何らの検討を加えるまでもなく、問題は存在しない。善意の四人の証言に基づいて田熊を逮捕して、事故に関してはそれで終わりである。それゆえ葛は、後者の場合のみについて考える。

四人の証言によって、田熊は不利になった。まず考慮すべきは、四人が田熊に対して悪感情を持っていて、偽証により彼を陥れようとしている可能性だ。だが四人とも、田熊との接点は見つかっていない。それに、と葛は考える。仮に四人それぞれと田熊の間に未発見の因縁があるとしても、今回のような事態が起きるとは思えない。目撃者がそれぞれの理由に基づいて田熊を陥れる嘘をついたのならば嘘の内容はばらばらになるはずなのに、証言の内容は大枠で一致しているからだ。

同じことは、逆の場合にも言える。四人の証言は水浦を有利にしたが、目撃者らが揃いも揃って水浦を庇おうとしたのだとは考えにくい。

つまり、四人の目撃者の持つ繋がりとは、「田熊または水浦と接点がある」ことではない。田熊とも水浦とも関係なく、彼らは偽証したのだ。だがそんなことがあり得るのだろうか。何が彼らに嘘をつかせたのか？　偽証の動機は、四人とも同じかもしれないし、それぞれ別かもしれない。だがいずれにせよ、何か理由はあったはずだ。

葛は四人の証言を整理する。厳密に言えば、誘導員の蒲田とほかの三人とでは、見ているものが違う。蒲田は田熊のワゴン車が、「合間交差点に赤信号で進入した後でブレーキを踏んだが、南から交差点に進入した車両と衝突した」のを見ている。ほかの三人はブレーキ音と衝突音に気づいてから交差点を見ている。衝突の瞬間を見たと証言しているのは、蒲田だけなのだ。そのことは重要だろうか。

「……いや」

葛はそう呟いた。法廷で争うことになれば、目撃したのが事故の瞬間か直後かでは、意味がまったく違ってくる。だが、田熊を逮捕すべきか否かを検討する現時点で、両者に特段の差があるとは思われない。ただ――出来事の順番には、もしかしたら何かが隠されているかもしれない。

手近な紙を手元に引き寄せ、葛は今日未明の出来事を時系列順に並べていく。

（1）田熊、自宅を出る。刑事が尾行を開始する
（2）田熊、合間交差点東およそ百メートル地点の工事信号を青で通過する
（3）尾行の刑事、赤の工事信号で停車する
（4）西進する田熊の車両、コンビニの防犯カメラに映る
（5）東進する岡本の車両、コンビニの防犯カメラに映る
（6）岡本、赤の工事信号で停車する
（7）田熊と水浦、合間交差点内で衝突する。蒲田が目撃する
（8）古賀、紙川、岡本が事故現場を目撃する
（9）工事信号が青に変わり、尾行の刑事が発車して事故を見る
（10）尾行の刑事、現場の安全確保と人命救助、通報を行う
（11）救急と交通課が到着（前後不明）。田熊、水浦搬送される
（12）葛が現場に到着。聞き込みを指示する

（13）蒲田と古賀の目撃証言が得られる

書きあげられた時系列表を見て、葛は、事故の発生から証言を得るまで相当の時間がかかっていることに気づいた。表で言えば、（7）から（12）までの間、聞き込みは行われていない。事故の発生は午前三時十分、葛の現場到着が同二十八分であった。

――通常、目撃証言を集めるのは容易ではない。深夜三時の事故なら、なおさらだ。それにもかかわらず四件もの目撃証言がすんなりと集まったことの奇妙さに、葛はずっと注意を引かれていた。だがその不自然さの陰には、もう一つ重大な違和感が横たわっていた。

一般に、複数の目撃者の証言が一致することは稀なのだ。かつての事件で葛は、三人の目撃者に、現場のテーブルに残されていたものを尋ねたことがある。その答えの多様性は驚くべきものだった。一人はテーブルの上には青い箱と鉛筆があったと答え、一人は緑の箱と万年筆があったと答え、一人は、緑かつ青の箱と吹き矢があったと答えたのだ。それでもこのケースは、目撃証言が比較的まとまっていた方なのである。

人間の観察力と記憶力はあいまいなものだ。時に誤り、時に正確になる。葛は、二人の目撃者の証言が一致しても疑問には思わない。三人の言うことが同じだったら、少し疑う。そして四人がまったく同じ証言をしたとなれば、それを頭から信じることなど出来はしない。

証言が不自然に一致する場合、考えられる可能性は二つある。――目撃者らは口裏を合わせているか、噂の受け売りをしているのだ。

世間からの注目が大きな事件について捜査をする場合、得られる証言のほとんどは受け売りになる。テレビや新聞、ネットで報じられたことを、さも自分の目で見たかのように証言する者は多く、時間が経つほどそうした人間は増えていく。だが、それは、報道がされておらず時間が経っていない場合に受け売りが発生しないという意味ではない。今回、事故発生から聞き込みの開始まで、二十分足らずの間にそれが起きたのではないか。言い換えるなら、噂の出所はどこか。そうだとして、情報の汚染はどこから始まったのか。

葛は手近な刑事を呼ぶ。

「コンビニの防犯カメラをチェックしてくれ」

刑事は怪訝そうに言う。

「精査済みですが」

「外を映したカメラじゃない。中だ。事故発生から古賀がシフトを終えるまでに、店内に入った客全員を知りたい。客の様子がわかるシーンは、すべてプリントしろ。速やかに、確実にやってくれ」

「わかりました。直ちに」

刑事が小走りに会議室を出ていく。ふと葛が窓の外を見ると、既に夜である。

菓子パンとカフェオレで昼食とも夕食ともつかない食事を済ませ、足りない栄養素をビタミン剤で補う。次いで葛は、目撃者と直接会っている刑事に、署に戻るようにと伝えた。事件関係者の顔写真を揃えることは捜査の基本だが、事故の目撃者の写真までは確保していない。目撃者の顔を知っているのは、聞き込みに当たった刑事だけだからである。

指示を出し、人員を揃えると、ぽっかりと時間が空く。待機を命じられた刑事らと葛は、ただ黙って、資料が届くのを待つ。

誰も、何も言わなかった。葛と部下らは気安く雑談をする関係ではなかったし、下らない冗談で気を紛らわせるには、彼らは疲れすぎていた。

葛は黙々と資料を見直している。強盗致傷事件の資料、容疑濃厚と目された被疑者らの資料、今日未明の事故の資料……既に隅々まで見た資料を、葛は丹念に読み返す。いまさら資料を読んで、新しい発見があると思ってのことではない。単に、集中が切れないようにしているのである。

葛は午前三時頃に事故の一報で起こされたが、そもそも昨晩、仕事に一区切りをつけて仮眠室に下がったのは午前一時半の事だった。ここ三日間で葛は四時間ほどしか眠っていない。今回の捜査において、葛は自他ともに無理を強いている。

強盗傷害の被害に遭った金井みよ子は、相続した家屋敷こそ立派だが、生活はつましかった。自宅には、現金などをほとんど置いていなかったと見られている。つまり犯人は、強盗によってほとんど金を手にしていない。そのため、立て続けの犯行に走るおそれが充分にあった。葛が常にも似ない強行軍を続けているのは、ひとえにそれを阻止するためだ。「次」は殺人かもしれない。

だが、刑事は人間であり、無理にも限度がある。いま気を抜けばきっと眠ってしまうだろう。麻痺しかけた脳をカフェインで叱咤して、葛は防犯カメラの調査結果を待つ。

防犯カメラには、蒲田、岡本、紙川が映っているはずだ。蒲田はコンビニのすぐ近くの工事現場で、夜通し働いていた。岡本は通勤でコンビニの近くを通る。紙川はそもそも、その近くに住んでいる。「ワゴン車が赤信号で交差点に進入したので事故が起きた」というストーリーは、あのコンビニから広まったと考えて間違いない。

だが、なぜなのか。葛もコンビニエンスストアはしばしば利用するが、店員と雑談に興じたことなど一度もない。事故の様子がコンビニで噂されたのは、そもそもどうしてなのか。コンビニで小耳にはさんだだけの噂を自分の目撃証言として刑事に話す、いったいどんな理由が、彼らにあったというのか。

暴力的なねむけが葛を襲う。眉根を強く揉んで、辛うじてそれを追い払った時、葛は自分が問いへの答えを知っていることに気がついた。

「そうか……」

葛がそう呟いたとき、会議室のドアが開く。防犯カメラのチェックを任せた刑事が、数枚のプリントを手に入ってくる。

「班長、出来ました」

そう言って、刑事は画像をプリントアウトしたものを机に並べる。待機していた刑事たちを手ぶりで呼んで、全員で確認していく。

猫背で、髪に白いものが交じった男を指して、刑事が言う。

「これ、岡本ですね」

別の刑事は、瘦せぎすの若い男を指さす。

「紙川です。間違いありません」

葛は蒲田の顔を知らないが、写っている客の中でどれが蒲田なのかはすぐにわかった。反射材つきの制服を着ているからである。だが刑事はいちおう慎重に画像を見極めて、言う。

「角度が悪いですが……蒲田に酷似しています」

葛は頷いて、腕時計を見る。時刻は午後八時前だった。まだ深夜とは言えない。

「よし。すぐ、目撃者に再度接触しろ」

刑事らの顔に当惑が浮かぶ。その中の一人が葛に質問する。

「接触して何を訊きますか」

「本当は何を見たか、何を見なかったか。蒲田への聴取には俺も同行する」


二十分後。葛は藤岡市内の雑貨店、〈蒲田商店〉にいた。夜を迎えてひっそりと静まり返った商店街の一角で、すでに蒲田の店のシャッターも下りている。店の奥と二階が住居になっていて、葛と蒲田は、一階の居間で向かい合った。蒲田の妻らしい女性は顔面を蒼白にして、何も聞きたくないとばかりに二階に上がってしまう。その方が、葛にも都合がよかった。

五十七歳という年齢から想像するよりも、蒲田はずっと老けて見えた。警察官は人の顔を見て年齢を推測する訓練を積んでいる。だが葛は、何も知らなければ蒲田照夫を六十歳以下と見積もることは出来なかっただろう、と思った。

蒲田は葛らと目を合わせようともせず、力なく言う。

「茶も出ませんで……申し訳ないことです」

刑事が如才（じょさい）なく答える。

「いえ、結構。こちらこそ突然すみません。実は蒲田さんが目撃なさった事故について、もう一度お話を伺いたくて来ました」

どこか救いを求めるような目で、蒲田は壁掛け時計を見る。

「十時から誘導員の仕事があるので……あまり長くは困りますが……」

「すぐに済みます」

「それに、事故のことと言われても、今朝方お話しした通りです。私は誘導員をしていて、それで……あのワゴン車が交差点に入っていったんです」

「その時の信号は、どうでしたか」

蒲田はうつむき、絞り出すように答える。

「赤でした」

刑事が葛を見た。今日の未明、蒲田がどのように目撃証言を話したのか、葛は知らない。だが、いまの話し方を見れば、どんなに鈍い刑事でも、蒲田が嘘をついていることは見抜けるだろう。

葛が言う。

「そう言いだしたのは、コンビニの店員ですか。それともあなたですか」

顔を赤くして、蒲田が視線をさ迷わせる。汗をかいてもいないのに顔をさわり、蒲田はそれでもこう言った。

「何をおっしゃっているのか……私はただ、見たままを……」

「ええ。見たままをおっしゃっていただきたいのです。これは大事なことです、蒲田さん」

「私ははっきり、この目で」

熟練の刑事をも射竦める葛の視線が、蒲田をじっと捉える。

「いえ。あなたは見ていない」

「私は現場にいました」

「そうです。そしてあなたは、居眠りをしていた」

市内の別の場所で、ほかの三人の目撃者も、同じことを言われているはずだ。

蒲田は手形の不渡りを避けるため、昼は店の経営と金策に追われ、夜は交通誘導員のアルバイトをしている。体力が続くはずもなく、誘導員としての仕事ぶりは評判が悪い。次に失敗があれば代えられてしまうだろう。そうなってしまえば、次の仕事が見つかる保証はない。午前三時、蒲田は疲れ切り、ねむけに負けた――そして、それを誰にも知られるわけにはいかなかった。

古賀は前科という烙印(らくいん)を押されて、職場を転々とせざるを得なかった。親戚の紹介でコンビニのアルバイトを続け、人生を好転させるために定時制高校に通っているが、古賀の前科を知るコンビニ店長は隙あらば古賀を解雇しようと目論んでいる。昨日から今日にかけての勤務シフトは、刑事たちをもどよめかせる過酷さであった。午前三時、古賀は疲れ果て、ねむけに負けた――そして、それを誰にも知られるわけにはいかなかった。

紙川はオンライン上で一勢力のリーダーであり、ゲーム中の「戦争」に勝利するべく、ほかのプレイヤーを指揮していた。指示はリアルタイムのチャットで出されていたというが、チームのメンバーが世界中にいて、この世界には時差がある以上、紙川は昼夜を問わず指示を出し続けなければならなかったはずだ。そして肝心な本番、もはや彼に集中力は残っていなかった。午前三時、紙川は疲れ果て、ねむけに負けた――そして、それを誰にも知られるわけにはいかなかった。

岡本は救急科の医師であり、恐ろしいまでの激務を続けていた。人の命に係わる、極度の集中力を必要とする長時間勤務のあとで、岡本はようやく仕事を終えて帰宅の途に就く。工事用信号で停車して、信号が青に変わるまでの短い間、岡本が束の間意識を失ったとしても無理からぬことである。だが、それは居眠り運転という重大な交通違反だ。午前三時、岡本は疲れ果て、ねむけに負けた――そして、それを誰にも知られるわけにはいかなかった。

だから彼らは、嘘をついた。自分は眠ってなどいなかった、目を覚ましていたと言い張るために、「あの信号は赤だった」という情報に飛びついた。

蒲田がうなだれる。

「……も、申し訳ない。出来心でした。事故の後すぐ、これはまずいことになったと思いました。居眠りをしていて何も見ていないなんて言ったら、クビになってしまいます。それで、店員さんが何か見ていたら事故のことを教えてもらおうとして、コンビニに駆け込んだんです。ところが店員さんも、なんだか見たのか見ていないのかはっきりしなくて、どんな事故だったかと逆に訊かれて、見ていないとも言えず……それで、信号は赤だったと、つい、言ってしまいました。店員さんは悪くない。言い出したのは、この私です」

古賀は蒲田の出まかせを聞き、自分も刑事に対して受け売りを答えた。紙川と岡本も、自分も事故を見ていたと言い張るため、コンビニで古賀に事故のことを尋ねたのだろう。あるいは古賀が、仕事中の居眠りを隠そうと、客に対して殊更に事故の話をしたのかもしれない。

蒲田はぽたぽたと涙をこぼす。

「取り返しのつかないことをしました。刑事さん、これは罪になるんでしょうか」

聞き込みに対して嘘をついた人間を罪に問うことをしていたら、留置場はいくらあっても足りない。だが葛は、あえて冷厳に答える。

「蒲田さん次第です。本当は何を見たのか教えて下さい」

「何をと言われても……」

戸惑い、言葉を濁し、宙を睨(にら)んで蒲田は言う。

「私は工事看板に寄りかかって、ほんの一瞬だけ、眠っていたのだと思います。大きな音で目を覚まして、交差点で事故だと気づいた時には、十秒か二十秒か、もしかしたら三十秒ぐらいは経っていたかもしれません。私が見たのはひっくり返った車と、電柱にぶつかったワゴン車と、ワゴン車から這い出してきた運転手が側溝のそばに倒れ込むところぐらいです」

「……ワゴン車の運転手が車から這い出して、側溝のそばに倒れ込んだのですね？」

語気に怯んだように、蒲田はまた俯いてしまう。だが、やがて顔を上げ、はっきりと頷く。

「はい。たしかに」

葛は傍らの刑事に命じる。

「合間交差点の側溝を浚わせろ。いますぐだ。——田熊が何か捨てたぞ」

一時間後、側溝の下流から金属製のトロフィーが発見された。トロフィーの銘文から、二十二年前、金井みよ子が市の美術展で優秀賞を獲得した際の正賞であることがわかった。翌朝にはトロフィーの台座から血液反応が検出され、また、流水に晒されていたにもかかわらず、田熊の指紋も検出された。

捜査本部は九月七日午前九時三分、強盗致傷の疑いで田熊竜人を逮捕した。

合間交差点での事故は目撃者がなく捜査は難航したが、粘り強い取り調べにより、水浦律治がスマートフォンに気を取られた際に赤信号の交差点に進入したことを自供した。ただし立証は難しく、水浦には、道路交通法違反により六点の反則点数ならびに罰金刑が科されるにとどまった。

県警捜査第一課の新戸部課長は、しばらく機嫌が悪かった。交通事故の捜査から強盗致傷事件の犯人逮捕に至った葛の捜査手法が気に入らなかったのである。だが新戸部の機嫌が悪いのはいつものことなので、さしもの葛も、新戸部がいつもより不機嫌なのだと気づくことはなかった。

金井みよ子は九月八日に意識を取り戻した。その後の恢復(かいふく)は順調で、事情聴取にも進んで応じている。

命の恩

録音記録によると、第一通報者は一一〇番通報の際、こう尋ねている。

『あのお、見間違いかもしれないんですけど、ほんと見間違いだと思うんすけど、もし間違っていたら逮捕とかってされるんすかね』

通報者が狼狽していたり、不安を抱えていたりするのは、普通である。通信指令室の担当係官は柔らかな話し方で相手をなだめ、話を聞き出そうとする。通報者はなおもためらいながら、ようやく言った。

『腕みたいなのが落ちてたんす。その……人間の腕みたいなのが』

七月十二日午前十一時二分、キャンプやハイキングに好適の、晴れた日だった。

通報場所は群馬県榛名(はるな)山麓にある〈きすげ回廊〉途上だった。最寄りの警察署からは距離があり、臨場指令を受けた地域課警察官が到着するまでは五十一分を要した。通報者である服部(はっとり)央(ひろ)(二八)は発見現場から五百メートルほど離れたキャンプ場〈榛名宿営地〉の事務所に移動しており、警察官らはまず彼に接触して、現場への案内を受けた。

〈きすげ回廊〉は湿地帯にかけられた全長五キロほどの木道で、環状になっている。夏の花の美しさで知られた景勝地で、この時期は家族連れでにぎわう。服部が案内したのは道の始点から十分ほど進んだ場所で、服部のほかにも「人間の腕みたいなの」に気づいた行楽客が数人、木道の上で人だかりを作っていた。彼らは到着した警察官を見ると安堵の表情を浮かべ、その中の一人が「あそこです」と草むらを指さした。

人体を発見したという通報は、一年に数件は寄せられる。そのほとんどすべてが人形や野生生物の死骸を見間違えたものだ。しかし今回の事件では、臨場した警察官はただちに応援を要請した。

夏の盛りに青々と伸びる葦(あし)の草むらに隠れているのは、腐乱してはいるが明らかに、ヒトの上腕だったからである。

人体発見の報告から一時間半後には、榛名山麓を管轄に含む高崎箕輪警察署に特別捜査本部が設置され、県警捜査第一課の葛班が派遣された。

発見された上腕は、右手のものだった。もともと新聞紙——上野(こうずけ)新聞六月三十日付朝刊——にくるまれていたが、野生生物が食い荒らして露出した結果、発見に至ったと思われた。遺体はただちに前橋大学医学部に送られ、翌日、法医学教室の桐乃教授から特別捜査本部に所見が届く。それによれば腐敗の進行度から見て、腕が切断されてからは一週間程度が経過していると思しく、腐敗の程度がはなはだしいこと、野生生物が食い荒らしたことなどから傷口の生活反応を確認できなかったため、腕が切られたのが生前であったか死後であったかは判断できないとされた。

発見された部位が上腕骨であったことは、特捜本部には幸運となった。骨からは一般に年齢や血液型がわかるが、幾つかの特徴的な部位からはそれ以上の情報も引き出せ、上腕骨の場合、持ち主の身長や性別を割り出す方法が確立されている。腕の持ち主は身長一七五センチ前後で四十歳から六十歳の男性と推定され、血液型はA型だった。

葛は腕の持ち主が生存している可能性を考え、県下すべての病院に、最近右腕を失った人物が受診しなかったか照会した。推定された特徴に一致する行方不明者がいないか行方不明者届を検めるよう命じる一方で、翌朝から山狩りを行うため、各警察署に応援を要請した。

事件は夕方のニュースから報道され始めた。群馬県でも屈指の人気スポットで損壊した人体が発見されたことは人々の猟奇的な興味を煽り立て、インターネット上には根拠のない憶測が数多く流れた。

夜に入って、いくつか成果が上がり始める。県下の病院に、腕を失った患者は来ていないと報告が入った。身長一七五センチに該当する行方不明者は多数存在し、そのリストが作られた。

二十時過ぎ、桐乃教授から葛に電話があった。

『上腕骨の末端部に、金属による擦過痕が見つかった』

警察署の会議室で、葛は左手にスマートフォンを持ち、右手でメモを取る。

「それは、骨で金属を擦ったということでしょうか」

『可能性はある。だがもっと素直な解釈をするなら、金属が骨を擦ったのだろう。……平たく言えば、まあ、鋸だろうな』

葛を含め、特捜本部は発見された右上腕について、事件性があるとは断定していなかった。現場は整備された行楽地ではあるが、都市部ではない。事故や病気で死亡した行楽客の死体を野生動物が食い荒らし、上腕だけが人の目に付くところに運ばれた可能性も否定できなかったからだ。しかし擦過痕の発見により、状況は変わった。

葛は小田指導官に宛て、事件のおそれが大であると報告した。

翌朝、榛名山麓のキャンプ場には百人を超える警察官と、同程度の報道陣が集まった。発見された右上腕は人為的に切断されたものだという情報は、午前十時からの記者会見で初めて発表される。にもかかわらずこれだけの記者が集まっているのは、情報がリークされたためだろうと葛は考えた。捜査に支障を来さない程度に情報を洩らし、記者との関係を構築していくのは、警察上層部が担う役割の一つだ。

山狩りには、群馬県警が擁する警察犬が全頭投入された。季節は真夏である。山狩りが開始された八時には既に容赦ない陽光が照りつけ、広大な榛名山麓に対して百人少々という人員はいかにも心許なく、警杖を手にした警察官たちはみな一様に無表情だった。山狩りの目的は、右上腕の持ち主の身元特定に至る物品の発見、ならびに、人体の他の部位の発見である。

葛は山狩りの成果を楽観視してはいなかったが、同時に悲観もしていなかった。腕を切り取った何者かが、この榛名山麓に右上腕だけ捨てていき、他の部位はまったく別の場所に持って行ったとは考えにくい。それだけの慎重さがあるならば、整備された遊歩道から発見されるような位置に上腕を捨てるとは思えない。また、山はあまりに雄大で、人間の死体ごとき容易く隠し通してくれそうな頼もしさがある。

そう、死体は出るだろう……しかし、なぜなのか。誰であれ、どうして死体を切り刻んだのか？　それがわからなければ、たとえすべての部位が見つかり、被疑者の特定に至っても、この事件の真相は見えて来ないだろう。結局はすべて、この「なぜ」に帰着していくだろうと葛は予感する。

山狩りの開始に当たって、本来、訓示などは必要ない。現場指揮官が始めろと言えば、始まる。しかし今回に限っては、特捜本部副本部長である高崎箕輪警察署長から特に注意事項の伝達があった。高崎箕輪署長は〈きすげ回廊〉を含む榛名山一帯は県立公園に指定されており、警察の立ち入りが禁止されるわけではないが、動植物を無用に傷つけないよう配慮が求められる旨を訓示し、山狩りにあたる警察官たちに、徹底的に捜索し且つ何も荒らすなと命じた。次いで小田指導官が開始を命じると警察官たちは湿地へと前進を始め、新聞社や雑誌社のカメラマンがシャッターを切った。葛は警察車両の中で連絡を待つ。

最初の報告は、わずか十五分後にもたらされた。人間の下腿らしき部位が発見されたという。小田指導官がただちに鑑識を現場へと送り込む。葛が連絡用に手元に残した刑事が腕組みをして、言った。

「これは、出ますね」

その言葉通り、発見報告は午前中だけで四件に及んだ。見つかったのはいずれも下肢で、上腿と下腿に切り分けられており、下腿には足――いわゆる、足首より下――も残されていた。

午後には胴体が発見された。首や四肢は付け根から切られており、柔らかな内臓や臀部を含む部位だけに、腐敗が進んでおり、指紋の鑑定は不可能とされた。

ほどなく見つかった右の前腕には掌も残っていたが、腐敗が進んでおり、指紋の鑑定は不可能とされた。

そして長い夏の日も暮れかけ、今日の捜索はここまでかと思われた頃、最重要の部位が見つかったという報告が無線でもたらされる。無線機から聞こえてくる警察官の声には、疲れと昂奮が滲んでいた。

『ありました。頭部です』

小田は端的に訊いた。

「人相は判別できるか」

『いえ。だいぶ、かじられています』

「歯はどうだ」

『手をつけられた様子はありません。残っています』

歯が、決め手になった。ただちに歯型を記載したデンタルチャートが作成され、県下の歯科医に照会が行われて、治療痕との照合によって翌日の午前中には遺体の身元が判明した。

野末晴義（のすえはるよし）（五八）。息子の野末勝（まさる）（二九）から、十日前に行方不明者届が出されていた。

野末晴義は高崎市内で塗装業〈野末塗装〉を営んでおり、事務所と住居を兼ねた家屋で勝と二人暮らしをしていた。妻とは三年前に離婚しており、勝のほかに子供はいない。晴義の父親は二年前に死亡、母親は高崎市内に健在だが要介護認定を受けており、介護付き有料老人ホームに入居している。

葛はまず、〈きすげ回廊〉や〈榛名宿営地〉周辺の防犯カメラ映像を全て洗い出すよう、部下に命じた。そして自らは捜査第一課の部下を率い、野末宅へと向かう。

葛が自ら出向くのは、勝に会うために他ならない。通常、被害者の遺族は遺体の本人確認のため警察署ないし病院に来るので、葛はそこで遺族を見ることができる。しかし今回は遺体の損壊が激しく、遺族に見せれば動揺が予想される上、別の手段で確認が取れたこともあって、捜査陣は勝に対し電話で状況を伝えるに留まっていた。捜査は物証によって進められるが、事件を起こすのは人である。葛は人の印象で捜査方針を決めることはないが、それでも常に、人を見ることから捜査を始める。

野末宅は高崎市の北部にある。古い町らしく、住宅が立ち並ぶ中に、畳屋や電器店、自転車屋といった、人間の生活に密接にかかわる店が散見される。〈野末塗装〉もまた、普通の民家に挟まれて、何気ない様子で建っていた。家は二階建てで、一階が仕事場らしい。

被害者の氏名は既に記者会見で発表されていたため、野末の家の前には報道陣が詰めかけていた。所轄の警察官が笛と手ぶりで記者を押しのけ、葛らが車をつけるスペースを作っていく。最初は葛を含めて三人だけで車を降り、残りの班員は車内に待機させておく。

車を降りた葛たちに、まだ経験が浅いらしい記者が「捜査の見込みはどうですか」と訊いてくる。葛はもちろん、刑事たちも一切口を開かない。先頭を行く部下の村田がドアチャイムを鳴らすと、すぐに返事があった。

「はい」

「警察です。事件のご報告のため、伺いました」

かちりと、鍵の開く音がした。

「……どうぞ」

現れたのは、憔悴した顔だった。

勝は長身で体格がよく、ひげも綺麗に当たっていた。着ているものは半袖のルームウェアだが、見苦しくはない。警察官が家に来て冷静でいられる人間はあまり多くないが、勝はさほど動揺を表していなかった。葛は勝の目の奥に、無感動な何かを読み取る。こうした目を持つ人間を、葛は幾人も知っている。疲れすぎ、何かに期待することをやめた人間の目だ。こうした目は、犯罪者の中にも、そうでない者の中にも見受けられる。

事件の遺族の家を訪れた時は、まず仏壇に参ることが多い。だが今回、葛は仏間を尋ねなかった。野末晴義の遺体はばらばらにされ、前橋大学の法医学教室に送られており、葬儀は数日先になるだろう。いま仏前に手を合わせても空々しいだけだ。葛らは、居間であろう部屋に通される。用意がないのか、座布団は葛の分だけしか出なかった。どうしたものか途方に暮れたような顔をした勝が、ようやくのことで呟く。

「ああ、そうだ。お茶を……」

村田が手を挙げて止める。

「いえ、お構いなく。早速ですが、ご説明します」

勝が席に着くのを待ち、村田が現状わかっていることを説明する。勝は、榛名山麓のばらばら死体が父のものであったという事実を既に受け止めているようだ。錯乱することもなく、悲嘆に暮れる様子もなく、ただぽつりと言った。

「では、やはり親父なんですね」

村田が答える。

「残念ですが、間違いありません」

勝は溜め息をついた。その溜め息がどのような性格のものだったのか、葛は計りかねる。勝は言った。

「それは、お手数をおかけします。遺体はいつごろ引き取れるでしょうか」

「司法解剖中なので、はっきりしたことは言えません。数日中にはお戻しできるかと思います」

「わかりました。見通しが立ったら教えてください。……葬式の準備がありますので」

村田は頷き、わずかに身を乗り出す。

「それで、野末さん。こんな時に恐縮ですが、事件ということになりましたので、幾つかお伺いしなくてはなりません。お父さんのことを強く恨んでいた人や、敵というような人に心当たりはありませんか」

勝は、やはり困ったような顔のまま、ぽつぽつと答えた。

「親父は……いわゆる、人に好かれる性格ではありませんでした。発注元に対しても態度が悪くて、たびたび仕事を切られていたぐらいです。行きつけの飲み屋でも人に絡むので、出入り禁止になった店もあります」

そこまで言って、勝はひととき、考えるような間を置いた。

「……親父を嫌っていた人は、大勢いるでしょう。でも、殺すほどに憎んでいた人は、思い当たりません。いえ、ひょっとしたら、酒のはずみで暴力を振るったり、振るわれたりしたこともあったかもしれませんが、それで親父が死んだとして……」

勝は目を伏せ、少し自虐的に笑った。

「ばらばらにされるようなことは、なかったと思います」

村田は頷きながらメモを取り、重ねて訊く。

「では、交際相手はどうでしょう」

「さあ。いなかったと思います」

「金銭トラブルは？」

「それは、あったと思います。金にだらしない人でした。でも、借金取りが押し掛けてくるようなことはありませんでした」

勝の受け答えは明快だ。村田はペンを走らせ、二度頷く。

「お父さんのまわりにトラブルがなかったか、調べさせていただいてもよろしいでしょうか」

初めて、勝が怪訝そうな顔をする。

「調べるというと……?」

「日記や手紙などに、何か書かれているかもしれません。帳簿や通帳も拝見できれば」

勝は、微笑を浮かべた。

「ああ。家宅捜索ということですか。もちろん構いません、どうぞ」

もし勝が拒否すれば、捜査は厄介なことになっていた。野末宅の捜索令状は既に発付されているが、勝の同意が得られないまま捜索を強行すれば、勝が非協力的な態度に転じることは充分考えられた。ハードルをあっさりと越えて、村田が一瞬、拍子抜けしたような顔をする。勝の気が変わる前にとでも思ったのか、村田は「ありがとうございます。では」と言うと、即座にスマートフォンを取り出した。

「同意取れました。始めてください」

ほどなく、車の中で待機していた刑事たちが家に入ってくる。令状の呈示と家宅捜索の指揮は部下に任せ、葛は一言も発しないまま、ただ勝と向かい合って座っている。

村田が表情を緩め、何気ない調子で話す。

「ところで、野末さんはずっと家業を手伝っておられたんですか」

思ったよりも大勢の刑事が入ってきたためか、勝は呆然としていたが、訊かれたことには率直に答えた。

「いえ。ここ二年ほどです」

「というと、別のお仕事を?」

「ええ。福岡でITエンジニアをやっていました」

「こちらに戻ってこられたのは、お父さんに呼ばれたからですか」

勝はうつむき、答える。

「そういうわけじゃありません。僕の話なんてどうでもよくないですか?」

そう言った自分の言葉に、勝は微かに笑った。

「……ああ、そうか。僕のことを調べているんですね。いいですよ。じゃあ言いますが、東京の大学を出た後、福岡の仕事で心をやられましてね。会社を辞めて、三年ほど居候して、一昨年あたりからようやく、経理ぐらいなら手伝えるようになったんですよ。病院の名前と担当医も教えましょうか」

村田は沈痛そうな顔で、しかし言うべきことを言う。

「差し支えなければ、お願いします」

勝の顔に赤みが差したが、その言葉は穏やかさを失わなかった。

「〈城川(しろかわ)クリニック〉の城川先生です」

ペンを動かし、村田はその名前を書き取る。それから咳払いをして、口ぶりを少し重いものに変えた。

「野末さん。おつらいとは思いますが、これだけは訊かなくちゃなりません。野末さんは今月の三日に行方不明者届を出してますが、その前後の事情を話してください。いなくなったのは、三日だったんですか」

勝は、別段反発もせずに答える。

「いえ。一日、仕事が休みだったので、僕は前橋の友達の家に遊びに行きました。そのまま二人で居酒屋に行きまして、夜はそいつの家に泊めてもらいました。次の日帰ってきたのは店を開ける前、七時ぐらいだったんですが、家に誰もいなくて。携帯にメッセージを送ったんですが、返信はなかったです。おかしいなって思い始めたんですが、親父が返信してこないのはよくあることだったんで、騒ぐのもどうかと思って。三日になっても帰ってこないし、親父がよく行っていたお店に確かめても一日から来てないっていうんで、届を出しました」

「その、お父さんがよく行っていたお店の名前は？」

「確認したのは〈いな森〉と〈丸高屋〉です。他にも行きつけがあったかもしれませんが、僕は知らないので」

「念のためですが、前橋のお友達の名前と連絡先もお願いします」

「荒川悠斗です」

勝はスマートフォンを確認し、荒川の住所と電話番号も村田に伝えた。こだわりのない態度だった。

葛は、勝の協力的な姿勢が、協力的すぎると言えるか考える。家族が死亡した事件で当日の行動を訊かれても冷静に答え、ためらいなく友人の連絡先も教える遺族は、多くない。悲しみに追い討ちをかけるような質問にショックを受け、嘆いたり怒ったり、何らかの反応を示すケースがほとんどだった。だが、人は千差万別だ。勝は父親の死を深く悲しんではいないように見えるが、警察に協力することが彼なりの弔いなのだと解釈することもできる。一方で葛は、勝が晴義のただ一人の子供であることも忘れていない。つまり、晴義が死亡した場合、遺産の相続人は勝ひとりしかいない。

　捜索をしていた刑事が部屋に入ってきて、葛に目配せする。葛は「ちょっと」と言って立ち上がり、刑事と廊下に出る。

　刑事は、手袋をした手に書類の束を持っていた。

「晴義の部屋に、防水コートやストック、リュックがありました」

「山か」

「はい。靴箱には登山靴もありましたから、間違いないかと。それから、こんな書類が」

　書類はすべてＡ４のコピー用紙で、手書きの借用書だった。一枚あたりの金額は一万円や二万円、多くとも五万円に留まるが、枚数が多い。借り主はどれも野末晴義で、貸し主は「宮田村昭彦」となっている。葛は借用書を数枚繰り、呟いた。

「日付がない」

　刑事は、虚を衝かれたようだった。

「あ、はい」

　葛は刑事の覚束ない返事に取り合わず、勝のいる部屋へと取って返す。村田が晴義の交友関係について重ねて尋ねているところだったが、話の切れ間を狙って、葛は出し抜けに訊く。

「野末さん。宮田村昭彦という名前に、聞き覚えはありませんか」

勝は眉根を寄せた。

「宮田村……ですか。すみません、わかりませんが」

「お父さんはその人物から複数回にわたって金を借りていたようです」

それを聞いて、勝は「ああ」と呟いた。

「あの人、そういう名前でしたか。その人のことなら、たぶん知ってます。そんなに何度も借金をしていたとは知りませんでしたが」

「どういう関係ですか」

勝は戸惑いをあらわにした。

「実は、よく知らないんです。時々、家に来ていました。親父の友だちってことになるんでしょうが、親父はその人のことをあごで使ってました。親父は、あいつは俺に頭が上がらないと言っていましたし、その人は僕から見てもなんか卑屈そうで……それ以上は知らないです」

そこまで言って、勝は自信を失ったように小声になる。

「ああ、でも、その人が宮田村さんかどうか、わかりません。間違っていたら、すみません」

「顔写真を見れば判別できますか」

「わかりません。たぶん、できないと思います。まじまじと見たことなんてなかったですから」

頷き、葛は話を変える。

「ところで、お父さんは山登りをなさっていましたか」

勝は、今度ははっきりと頷いた。

「はい。でも、膝を痛めて、何年か前にやめました」

野末宅の捜索で、葛らは〈野末塗装〉の取引先や財務状況、晴義が年賀状のやり取りをしていた相手など、多くの情報を得た。ＰＣ内のデータや雑然とした書類の束などは分析に時間を要するため、勝の同意を得て、警察署に持ち帰った。

最大の収穫は、晴義のスマートフォンだった。晴義の布団の枕元に、充電ケーブルに繋がった状態で置かれていた。ただ、勝は晴義が使っていたパスコードを知らず、すぐに中のデータを見ることは出来なかった。

葛は晴義の関係先すべてへの聞き込みを命じ、「宮田村昭彦」についても詳細に調べるよう指示した。さしあたり、その日のうちに前科データとの照合は終わったが、同名の人物が過去に逮捕されたという記録は残っていなかった。

市内での捜査と並行して、山狩りも続けられている。

過去二日間の捜索で、野末晴義のものと思われる遺体は引き続き発見が続いた。これまでに発見された胴体と下半身、右腕、頭部に加え、左の前腕が見つかった。捜索の最中、まったく別の、老人のものと思われる人骨が発見されるというハプニングもあったが、これは完全に白骨化しており、当座、今回の事件とは無関係と見られた。

山狩りの初日に発見された遺体の部位について、解剖所見は既にほぼ揃っていたが、頭蓋骨だけはデンタルチャート作成のため歯科医に渡された影響で、解剖が遅れていた。その日の葛の仕事は、ようやく届いた、頭蓋骨に関する口述記録の書き起こしを読むところから始まった。

《ヒトの頭部。解剖台に敷かれた綿の上に、天井を見上げる格好で安置されてあり。髪は五分刈り程度。第一頸椎、すなわち頭部と頸部が接する部分で切断されてあり。切断面に擦過痕を認める。右目は失われており、左目は大きく損傷している。唇周辺に無数の傷あり。全体として腐敗著しく、指圧によりて浸出液漏出し……》

葛はその所見を読みながら、コンビニのパンで朝食にする。切断に使われたと思われる道具はやはり鋸と思しく、目と唇の傷は野鳥がついばんだものらしいという所感を、葛は既に桐乃から直接聞いている。正式な鑑定書の提出は後日となるが、桐乃は発見された遺体の部位ごとに司法解剖を行っているため多忙で、当分、鑑定書を作る時間は取れないだろう。

関係各所への聞き込みで、晴義の人となりの輪郭は浮かび上がってきた。朝の捜査会議で、ここまで集められた話が集約される。

晴義に仕事を頼んだリフォーム工事の施主は、

「外壁塗装を頼んだら、全然イメージと違う色を塗られた。文句を言ったら、殺してやると言われた」

と供述した。また、同業者は、

「亡くなった人の悪口は言いたくないが、あんまり良心的なところじゃなかったね。しっかり修業したわけじゃないのにプライドが高くて、付き合いが難しかった。前はそれほどでもなかったと思うんだがね」

と述べている。

しかし晴義について最も捜査陣をざわつかせたコメントは、テレビで流れた。昼の時間帯、疲れた刑事たちが適当なもので手早く食事を済ませている会議室に、事件を扱った番組が流れた。その中で、顔にモザイクがかけられた老人が事件について、声を潜めてこう言ったのだ。

「あそこはね。どうも、よくねえね。親父は酒飲みだし、息子は出戻りでね。親子喧嘩も、まあ、よく聞こえて来たね。派手なやつがね」

刑事たちのうめき声、嘆息が、会議室を満たした。

事件が起きた際、関係者の悪い噂を嬉々として流す人物は珍しくない。だが普通、ここまで被害者や遺族に悪印象を持たせるコメントはテレビ局が流さない。それが流れてしまったのは、ある種の事故だ。高崎箕輪警察署には「息子が怪しい」「息子を逮捕しろ」といった電話が絶え間なくかかってくることになった。

午後、葛は会議室で報告を受けた。市内の登山用品店に向かった所轄の刑事が、宮田村の名前を見つけてきたのだ。

「宮田村昭彦も登山愛好家で、中年という事でしたが、年齢や職業は現在確認中です。市内の登山用品店〈いざわスポーツ〉の店主井沢登志夫（いざわとしお）が野末、宮田村の双方を知っていました。井沢によると、被害者は遭難した宮田村を助けたことがあるそうです」

葛は机の上で指を組む。

「詳細を」

「井沢もかつて野末晴義から少し聞いたことがあるだけで、細部は不明瞭です。数年前、親子連れで谷川岳を登っていた宮田村が遭難しかけたところ、通りがかった野末晴義が救助したようです。宮田村は自分だけでなく子供の命も救ってもらったことを恩に着て、それ以降、野末晴義と付き合うようになったとのことでした」

付き合うというのは、宮田村が晴義に金を貸すようになったことも含むのだろう。葛が訊く。

「井沢は、宮田村の連絡先を知っているか」

「商品を配送したことがあり、住所と、固定電話の番号を控えていました」

「よし。その住所に向かってくれ」

所轄の刑事に指示を出すと、葛は沼田警察署に連絡を取る。ここには、谷川岳警備隊が属している。

谷川岳は県内屈指、日本でも有数の嶮山であり、かつては年間三十人に及ぶ死者を出した。そのため群馬県警には、一般の山岳遭難救助隊が発足するはるか以前に、谷川岳警備隊が組織されている。警備隊長に電話が繋がると、葛は単刀直入に訊いた。

「本部捜査第一課の葛です。榛名山麓の死体遺棄の件ですが、宮田村昭彦という名前が浮上してきました。谷川岳で野末晴義が宮田村を救助したという話が出てきましたが、そちらに記録ありませんか」

警備隊長は口数の少ない男だった。

「記憶があります。調べてみます」

谷川岳警備隊の応答は迅速だった。二十分後には、特捜本部宛に照会回答書がＦＡＸで送られてくる。

《六年前の九月二十三日午前十一時四十分頃、谷川岳で遭難事故あり。宮田村昭彦（当時三八）と、香苗（当時一四）の親子が滑落して重傷を負い、荷物を失った。スマートフォンを荷物に入れていた宮田村親子は救助要請が出来ず、身動き出来ずにいたところに、偶然通りがかった野末晴義（当時五二）が応急手当を行った。

晴義は谷川岳警備隊に救助を要請したが、香苗は出血が止まらず体温が低下して危険な状態であった。晴義は昭彦に飲食物や燃料を与え、単独で香苗を救助すると、これを背負って下山を開始した。午後一時三十一分、当警備隊は野末と宮田村香苗を発見。宮田村香苗は速やかに搬送された。午後二時七分には宮田村昭彦も発見し、これを担架にて下山させた》

葛は、この遭難事故のニュースを見た覚えがなかった。特別捜査本部では誰ひとり野末と宮田村の名前に聞き覚えがなかったのだから、この遭難は当時事件化されず、報道もされなかったのだろう。

報告書を手に、葛は呟く。

「宮田村が野末に恩を感じるのは、当然だ。野末は恩義を盾に、幾度も借金を迫った――これも筋が通る。だが……」

だが、なぜ野末晴義の遺体が切断され、榛名山麓にばらまかれることになったのか、その理由には繋がらない。

何かが欠けているのだ。

野末晴義の名前が判明してから三日が経過したが、晴義を深く憎んでいる人間は、かつてリフォームの際に意図と違う色を塗られた施主、徳安康一郎（五七）以外には見つからなかった。徳安は高崎市内で沖縄料理店を営んでおり、経営は安定していて、最近二号店を出している。外壁塗装のトラブルも四年前のことであり、いまは別の業者が徳安の希望通り、家の壁をライトパープルに塗り上げている。葛はどんな可能性も簡単に捨てはしないが、塗装のトラブルは殺人の動機としていかにも小さく、時間も経ちすぎている。特捜本部は徳安を捜査対象から外した。

晴義は行きつけの飲み屋でトラブルを繰り返しており、迷惑がられてはいたが、それが殺意に発展するほど深い関係を築いた相手は発見されなかった。晴義はいつも一人で飲み、誰かに絡み、一人で帰っていた。

〈野末塗装〉の経営は行き詰まっていて、業績改善の目途は立たない状態だった。晴義が死んだいま、会社は一ヶ月ともたないだろう。勝は家に借金取りが来たことはないと言っていたが、晴義は会社の借金だけでなく、個人の借金も作っており、その総額は四百二十万七千円に上っている。しかし晴義が金を借りたのはいずれも、群馬県知事ないし財務局長宛に登録された消費者金融であり、借金を返せないからといって、表立った督促もせずに晴義を殺害するとは考えにくい。総じて野末晴義は、古い町で生活に根づいた商売をしながら、人間関係が希薄な生活を送っていたと言える。その、現在判明している中でただ一つの例外が、宮田村昭彦との関係だった。

〈いざわスポーツ〉から得た住所を訪れた刑事は、宮田村は既に引っ越したと電話で連絡してきた。住民票を辿ったところ転居先は高崎市内で、刑事は引き続き宮田村を追うと言った。

葛は、野末と宮田村の関係を知るものがいないか、再度徹底した聞き込みを命じた。そして午後になって、部下の佐藤がスマートフォンに連絡を入れてくる。葛が電話に出ると、佐藤は淡々と報告した。

『班長。野末晴義の母親が、宮田村の名前を憶えていました』

「晴義の母親だと?」

葛は、会議室のテーブルに広げた書類の一枚を手に取った。野末晴義の母親は裕子といい、八十二歳になる。要介護2で、介護付き有料老人ホーム〈ふかざわ〉に入居している。要介護2であれば、思考力、記憶力には衰えが見られるはずだ。

「信憑性はあるのか」

報告を疑われても、佐藤の声にプライドを傷つけられた響きはなかった。

『わかりません。まとまった話が聞けましたので、報告します』

信憑性は葛の方で判断しろ、ということだ。葛はペンと紙を手元に引き寄せた。

「よし、話せ」

『晴義は野末裕子に、山で人助けをした話をしています。その中で晴義は、助けたのは宮田村という男で、その宮田村は自分にとても感謝しているから何でも言うことを聞いてくれると言ったそうです』

葛はペンを動かさなかった。そこまでは、既にわかっていることだ。

佐藤が報告を続ける。

『裕子は、これで勝も安心だと言っていました』

しばし、葛は考える。晴義に宮田村という都合のいい存在が出来たことで、なぜ、勝が安心になるのか。筋が通っているようで、通っていない。

「それはどういう意味だ」

『わかりません。ただ野末裕子は、勝が人づきあいが苦手なのが心配だと言っていました。いい人がいたらくっつけたい、そうしたら安心だと。それが野末裕子の希望なのか、晴義が裕子に言っていたことなのかは、判然としていません』

葛の持つペンは宙をさ迷い、ようやく、佐藤の報告を紙に書き留めた。捜査において、すべての情報を追うことは出来ない。徳安康一郎を捜査線上から外したように、追うべきでない線は捨てなければ、捜査は隘路に迷い込む。しかしいま葛は佐藤の報告を、孫を案じる老人の繰り言と聞き捨てることが出来なかった。葛は、

「わかった。引き続き関係各所に当たれ」

と言って通話を切った。

夕方になって、野末宅の書類や通帳を分析していた班から報告が上がる。担当の刑事は手柄

顔をするでもなく、報告する。

「班長。野末晴義が生命保険をかけていました。一昨年の八月、息子の勝を受取人にして、死亡保険金一千万円の保険に入っています。ただ、押収した証拠の中に、保険証書は見当たりません」

「一千万か」

手元を見て、葛はそう呟いた。〈野末塗装〉は借金まみれで家屋も抵当に入っており、勝は介護付き有料老人ホーム〈ふかざわ〉の利用料も払っていかなければならない。恐らく支払いは続けられず、自宅介護に切り換えることになるだろう。しかし一千万あれば、会社は手放すにせよ家は残るし、当座はホームの利用料もまかなえる。葛が命じる。

「勝に確認を取れ。保険のことを知っていたかどうか」

刑事は直ちに会議室を出ていく。その後ろ姿を見送りながら葛は、これは必要な確認だが、意味のない確認でもある、と思った。勝が知っていたと答えるにせよ、知らなかったと答えるにせよ、事実がどうであったかを確かめる方法がない。間違いなく事実と言えるのは、晴義の死で勝は利益を受けるということだけだ。

ひととき、報告が止まり、葛の手が空く。

葛は昼食を取っていない。机の上の菓子パンに手を伸ばす。そこに、着信が入った。スマートフォンのモニタに表示されているのは、宮田村の行方を追わせている刑事の名前だ。葛が応答すると、意気込んだ声が聞こえてくる。

『班長。宮田村の現住所、現認しました』

「そうか」

葛は、その報告をさほど喜ばなかった。宮田村の現住所は、住民票から既に判明している。だが刑事の報告は、それで終わりではなかった。

『市内のアパート〈田村荘〉です。大家に聞いて、勤め先も判明しました。宮田村はクリーニング会社〈ホワイトカンパニー〉の工場に勤めています。しかも十三日から欠勤していて、アパートにも戻っていません！』

「なに」

葛はスマートフォンを持つ手を替えた。十三日は、〈きすげ回廊〉で野末晴義の右上腕が見つかった、翌日である。

事件が発覚するや、姿をくらました。そう受け止めるよりほかにない行動だ。

「わかった。宮田村の写真を手に入れろ」

『わかりました』

葛は通話を切ると、特捜本部の総力を挙げて宮田村の行方を追うべく、捜査方針の転換を小田に上申した。

宮田村昭彦（四四）は、埼玉県所沢市に生まれた。

高校までは所沢市の学校に通い、京都の大学に進学して法学を学んだ。卒業後は保険代理店ニー〉での評判は上々で、むかし体を壊した影響でハードワークはできないが、よく気がつき人格も柔和で、彼のことを悪く言う社員はいないという。

三年前からクリーニング会社〈ホワイトカンパニー〉の工場に勤めている。〈ホワイトカンパ

〈大泉保険〉に就職して優秀な営業成績を上げるが、六年前に退職し、職を転々としたのち、

妻の豊岡優美（四一）とは十年前に離婚していて、娘の香苗（二〇）の親権は宮田村が取得していた。香苗は現在、東京で大学に通っている。両親は所沢市在住で、父親の一彦（六八）は食材輸入会社に、母親の聡子（六二）は郵便局に勤めている。

前科なし。所有している車は白のステップワゴン。一時停止義務違反の違反歴あり。

――特別捜査本部は異様な緊張感に包まれた。

榛名山麓でのばらばら死体発見は、世間に大きな衝撃をもって受け止められている。マスメディアは連日、警察上層部がリークする僅かな情報に大きな枠を割いて報道し、例年なら家族連れでにぎわう〈きすげ回廊〉は歩く人もなく、群馬県全体で観光客の宿泊キャンセルが相次いでいる。警察が「事情を知っているとみられる男」を追っていることが報じられてからも、野末勝が父を殺して切断して捨てたのだという言説はインターネットから消えていない。

特捜本部は宮田村昭彦の写真を手に入れた。県警の全面的なバックアップを得ていた。警視庁、各道府県警にも協力を要請した。これでもし宮田村の身柄を確保できなければ、特捜本部の面子は丸つぶれとなる。

葛は、面子のことは考えない。

鑑識の結果、野末宅の風呂場から大量の血液反応が出ている。検視官の主藤は、風呂場から血液反応が出るのはふつうだが、その量から考えて、野末晴義は自宅の風呂場で切断されたと見て差し支えないと言った。

前橋市在住の荒川悠斗は、七月一日に野末勝が遊びに来たことを認めた。午前十一時頃、かねての約束通り勝が荒川宅を訪れ、連れ立って映画を見に行ったという。昼食を挟んで別の映画を見て、本屋や服屋などを巡り、夜は居酒屋で積もる話をした。荒川の家には客間があり、勝はそこで泊っていったという。荒川と同居する家族も、それを裏付ける証言をした。

同日、野末宅から一キロ離れたホームセンターの防犯カメラに、レインコートと鋸、ビニールバッグを買っていく宮田村の映像が捉えられている。別の店では、高枝切り鋏を買っていく姿も映っていた。宮田村が所有している軽自動車はアパートの駐車場に残されており、車内から血液反応は出なかったが、主藤曰く「血の匂い」がしたという。検視官の主観は証拠にはなり得ないが、主藤が匂ったというのなら、たしかに血の匂いはしたのだろうと葛は考えている。〈きすげ回廊〉周辺に防犯カメラはなかったが、Nシステムが、宮田村の車が榛名山麓へ続く国道を通ったことを捉えていた。日時は七月一日、午後十時二十一分。通行量は皆無に等しい時間帯だ。

捜査が進むにつれて、宮田村が犯人であるという証拠が集まっていく。

特捜本部の中では、宮田村犯人説に異を唱える者もいた。宮田村は娘ともども、野末に命を救われている。それなのに野末を殺害するのは辻褄(つじつま)が合わないというのだ。葛は、その意見には意を払わない。二人には深いつながりがあった。他人にはうかがい知れない動機が生じる余地も、充分にあっただろう。そもそも宮田村は野末に金を貸しており、金銭は充分にトラブルの原因になり得る。葛は小田の同意を得て、死体損壊・同遺棄の容疑で、宮田村昭彦の逮捕状を前橋簡易裁判所に請求した。

そして二日後の午前八時二分、葛に電話がかかってくる。宮田村の母親の実家がある新潟県三条市に派遣していた刑事からだった。葛が出ると、さすがに昂奮気味に刑事が報告した。

『班長、宮田村、通常逮捕しました。ただちに護送します』

会議室はどよめきに包まれた。

宮田村昭彦は、捜査陣が入手した写真に比べて、頬がこけていた。顔色は青白く、顔はずっと俯いたままで、目には光がなかった。葛は取調室で宮田村を見たが、言葉は交わさなかった。

会議室に置かれたテレビでは、速報が流れた。

《群馬県のバラバラ殺人、知人の男を死体遺棄の容疑で逮捕》

被疑者の姓名は出なかった。警察上層部の判断によるもので、葛は関知していない。

宮田村は、取り調べに素直に応じた。宮田村と担当の刑事が取調室に入ってからわずか十数分後、会議室で待つ葛に、若い刑事が伝言を届ける。

「宮田村、殺人を自供しました」

葛は一つ頷く。

「凶器は何だ。どこで、どう殺した」

刑事は口ごもった。

「いえ、それはまだ」

「すぐに確認しろ」

刑事は取調室に行き、ほどなく戻ってくる。

「居間で、胸に包丁を刺して殺した、と」

「胸だと？」

「本人はそう言っています。刃渡り十六センチ程度の文化包丁だと」

葛は刑事を下がらせ、机の上の資料を見る。

〈きすげ回廊〉の山狩りは、五日間で終わっていた。野末晴義の遺体は湿地帯全体にばらまかれており、数多くの部位が見つかったものの全身すべての発見には至っておらず、包丁も見つかっていない。

葛は、桐乃教授から届けられた司法解剖の所見を再確認する。それによれば胴体から四肢と頸部を切り離した断面には金属の擦過痕が見られ、骨盤には野生生物の食痕がある。葛はスマートフォンで、桐乃教授に電話をかけた。

桐乃教授はふだん法医学を教えており、葛が電話をかけてもすぐに出ることは稀である。しかしこの日、電話はすぐに繋がった。

「葛です。いま、少しよろしいか」

電話の向こうで、桐乃は上機嫌だった。

『構わんよ。犯人が捕まったそうだな』

「ええ。そのことで、発見された胴体についてお尋ねしたいことが」

途端に、桐乃がむっとした気配が伝わってくる。

『わかったことは、ぜんぶ所見で伝えた。それ以上のことはない』

「もちろん承知しています。あくまで念のため」

溜め息が聞こえてきた。

『慎重なやつだ。何だ？』

「肋骨に傷はありませんでしたか」

『肋骨？　何番だ』

「何番でも構いません。ほんのわずかでもいい、傷がついていなかったかをお尋ねしたい」

返答は速やかで、かつ明快だった。

『報告が全てだ。私は肋骨に傷があるとは書かなかった。それは、肋骨には傷がなかったからだ。腹部や臀部は食痕が激しく、骨盤には動物の牙によると思われる傷も見られると書いたはずだ。だが肋骨に傷はなかった』

「わかりました。ありがとうございます」

電話を切る。

胸部に刃物を突き入れた場合、刃物は肋骨を傷つけることが多い。それは桐乃教授の専門分野であり、傷を見落としたとは考えられない。ただ、刃を水平にして肋骨の間隙を縫うように突けば、骨は傷つかないこともある。宮田村はそのようにして野末晴義を殺したのだろうか。

葛は考える。

そもそも、この事件は当初からどこかおかしかった。頭蓋骨が見つかって、歯の治療痕から野末晴義の身元が判明した時から、葛はわずかに、事件に疑問を覚えていたのだ。歯が身元確認の材料になることは、それなりに広く知られている。死体を切断するという大きな手間に比べれば、歯を抜くなり、砕くなりして身元が分からないようにするのは、それほど時間のかかることではない。それなのに野末の頭蓋骨には、そのまま歯が残っていた。

この点だけならば、犯人はたまたま歯の治療痕が身元確認に結びつくことを知らなかったのだろうと思えた。だが二点目は、より奇妙だった。

なぜ死体を切断しばらまいたのかという疑問は棚上げにするとしても、どうして榛名山麓の〈きすげ回廊〉にばらまかれたのかが、わからなかった。〈きすげ回廊〉は木道が整備されており、誰でも気軽に歩け、夏ともなれば親子連れで賑わう行楽地である。なぜ犯人は、死体を捨てる場所として〈きすげ回廊〉を選んだのか。

葛は、犯人は山に詳しくないのだろうと考えていた。山に捨てれば死体は見つからないと簡単に考え、アクセスが容易な〈きすげ回廊〉に捨てた、考えの浅い犯行なのではないかと思っていた。しかし宮田村は、遭難したとはいえ日本屈指の難コースである谷川岳に挑み、〈いざわスポーツ〉の常連でもある、登山趣味の持ち主だった。人目に付かない場所を見つけることは難しくなかったはずだ。

どこかが、ちぐはぐなのだ。

これらの違和感について、葛は宮田村を追及しようとは考えていない。訊けば、宮田村は何かそれらしい言い分を主張するだろう。それでは真相が遠のくと、葛は黙考する。

逮捕から八時間が経過した。葛は取調担当官から報告を受ける。

「宮田村の供述によりますと、殺害は七月一日、午後二時頃。かねて貸していた金の返済を求めるため野末の自宅を訪れたところ、野末が返済を拒否したばかりか、さらに金を貸すよう要求してきたので、かっとなって、台所から包丁を持ってきて、胸部を刺して殺したとのこと。以前から野末の家はしばしば訪れていたので、台所と包丁の位置はわかっていたそうです。

遺体を切断したのは、運搬に困ったから。以前山で滑落したことがあり、体を壊して重たいものが運べないのだと話していまして、この件は病院に確認中です。死体を風呂場まで引きずっていき、必要なものを近くのホームセンターで購入してから、切断に取り掛かった。血を流水で洗い流しながら遺体を切断し、切った後は野末の家にあった新聞紙にくるんだ上でビニールバッグにつめ、三度に分けて車に載せた。全ての作業が終わったのは、午後十時頃と言っています。

遺体は山に捨てようと思い、少し休んでから榛名山に向かい、真っ暗だったので夜明けを待った。日付変わって七月二日の午前四時ぐらいから遺体を運び始め、二時間ぐらいで捨て終わった。午前九時頃、職場に電話をかけ、体調が悪いから休むと連絡した。なお、この点については〈ホワイトカンパニー〉に確認を取りました。間違いなく、宮田村は七月二日、会社を休んでいます」

葛が訊く。

「凶器の包丁、切断に用いた鋸やビニールバッグはどうしたと言っている？」

刑事は、手元のメモに目を落とすこともなく答える。

「持ち帰って、ゴミとして捨てたと言っています。包丁と鋸はよく血を拭って不燃物に、ビニールバッグやレインコートは可燃ゴミとして出したそうです」

「宮田村はホームセンターで高枝切り鋏も買っていたな。あれについては何か言っていたか」

「鋸では腱が切れないかもしれないと思い、念のために買ったと。高枝切り鋏を選んだのは、梃子の原理が働くから鋸では切れないものも切れるだろうと考えてのことだったけれど、実際には鋸で用が足りたので使わなかったと言っていました」

葛は腕を組んだ。事件そのもののちぐはぐさとは裏腹に、宮田村の供述にはこれといって不審な点がない。なぜ切断したのかという問題に対しても、谷川岳での遭難の後遺症で重量物が運べなかったからという言い分は、充分理に適っている。

葛は取調担当官を下がらせ、供述の裏を取る捜査を命じ始める。指示が一段落したところで、受付を担当する警務職員がおずおずと会議室に入ってきた。誰に用件を取り次ぐべきか迷うように会議室を見まわし、葛に近づいてくる。

「お忙しいところすみません。捜査の責任者に会いたいという方がいらしています」

葛はその職員を一瞥する。警察署にはさまざまな人間が、責任者に会いたいと言ってやって来る。そのすべてを取り次いでいるようでは、警務職員が仕事を果たしているとは言えない。見たところ目の前の職員は、特別捜査本部の雰囲気に圧（お）されてはいるが、職歴は長いように見えた。葛は訊いた。

「名前は名乗りましたか」

「はい。宮田村香苗さんです」

さしもの葛も意外の念を抱いた。東京の大学に通っている香苗が、直接ここに来るとは考えていなかった。そもそも、被疑者と離れて住んでいる家族に警察が逮捕の連絡をすることはほとんどなく、宮田村の名前は報道にも出なかったはずだ。

「会いましょう。話せる場所を用意するので、少し待つよう伝えてください」

受付の職員が引き返すと、葛は取調室に空きがあるかを確認した。幸い、部屋は一つ空いており、葛は部屋の外にかかっている札を「使用中」に替えて、手近な刑事に立ち会いを命じた。

宮田村香苗は、昭彦にはそれほど似ていなかった。就職活動に使うような黒いスーツを着込んでいて、表情には怒りがある。葛は、髪で巧妙に隠されているが、香苗のこめかみに傷跡があるのを見つけた。六年前の遭難の際についた傷の可能性に、葛は留意した。

葛はまず、詫びた。

「このような部屋しかなく、申し訳ない。捜査中で、空いている部屋がないのです」

香苗は頷き、何とか微笑みを作ろうとする。

「取調室って、禁煙なんですね。ドラマではずっと誰かが吸ってました」

「以前はそうでした。葛と言います」

「宮田村香苗です」

「どうぞ、おかけください」

香苗と葛が椅子に座ると、前置きもなく香苗が話し始める。

「テレビで、野末さんの知人の男性が逮捕されたって見ました。父と連絡が取れないんですが、もしかして、捕まったのは父……宮田村昭彦ですか」

葛は無意味な秘密主義を採らない。頷き、答える。

「そうです」

「会わせてください」

「それは出来ません。取り調べ中です」

その返事は予期していたのか、香苗は強く要求してこなかった。代わりに、物わかりの悪い人間に嚙んで含めるような言い方をした。

「警察は、父の状態を知らないんです。父は両腕が肩より上がらないんですよ。そんな状態で人を殺してばらばらにするなんて、出来ると思えません」

葛の眉が動く。宮田村は体を壊したと供述していたが、悪くしたのが肩であるという話は出ていなかった。

「それを証明することは出来ますか」

「証明と言われても……父のことを知っている人なら、みんな知っているはずです」

説得力がないと自分自身でも感じたのか、香苗は悔しそうにくちびるを引き結んでいたが、やがて「あ」と呟いた。

「それに、そうだ。厚生年金の、障害手当金を受け取りました。診断書とかも出したので、証拠になります」

「いちおうお尋ねしますが、いま、その書類をお持ちですか」

香苗はわずかに苛立った様子を見せた。

「持っていません」

そうだろう、と葛は思った。いま訊かれたのに関係書類を持ってきていたなら、かえって疑わしい。葛は立ち会いの刑事に振り向いて、指を振った。刑事は頷いて取調室から出ていく。

葛は改めて、机の上で指を組む。

「わかりました。ご協力に感謝します。ほかに承っておくことがあれば、どうぞ」

「もちろん、あります。警察は父と野末さんがどんな関係だったか知らないんです。知っていれば、父を逮捕したりしないはずです」

香苗は、ここから本題とばかりに意気込む。

「そうですか。どんな関係だったんでしょうか」

「父は、一生をかけて野末さんに恩返しすると決めたんです」

そこまで言って香苗は、警察がどこまで知っているのか推し量ろうとするように、葛の表情をうかがう。葛は黙ったまま、何も言わない。知っていることを話す必要はなく、話させれば情報が得られる。

香苗は、警察が何も知らないと思ったらしい。失望と優越感がないまぜになったような戸惑いを見せ、話を続ける。

「六年前ですが、当時中学校で登山部だったわたしの練習のため、父が谷川岳に連れて行ってくれたことがありました。岩場は無理なので、父が、わたしでも安全に登れそうなコースを選んでくれたんです。でも当時のわたしは……」

わずかに言い淀み、香苗は強いて感情を押し殺したように続ける。

「山には慣れたような気になっていて、充分な注意を払っていませんでした。七合目あたりで滑落したんです。父を巻き添えにして」

意識してのことか、香苗はこめかみの傷をさわった。

「幸い、落ちたのは数メートルで、わたしたちは岩棚で止まりました。でもわたしは岩で足を切ってしまい、血が止まらなくて、父は背骨を痛めて息をするのもやっとのようで。二人のスマートフォンを入れたリュックを落としてしまったので助けも呼べなくて、すぐ上に登山道が見えているのに、そこまで上がる方法がどうしてもなくて、悪いことに雨も降ってきました。父はずっとわたしを励ましていましたが、大丈夫だと言われるたび、本当にここで死んでしまうんだと思ったんです」

葛は、頭の中で、香苗の話と谷川岳警備隊からの回答書を照らし合わせる。いまのところ矛盾はない。

「父は大声を出せなかったのでわたしが助けを呼んでいたのですが、血が止まらなくて、だんだん意識が朦朧としてきて、本当にもう駄目かなって思っていたら、雨の音に交じって『どこだ』って聞こえてきて。もう必死で『ここです』って叫んだら、登山道から顔を出してくれたのが、野末さんだったんです」

その後、宮田村香苗は出血多量により命が危ぶまれたため、途中まで野末に背負われて下山した。だが香苗は、そのことは話さなかった。

葛は当時の状況を思い描く。宮田村昭彦は身動きが取れなかっただろうから、野末は数メートル下に滑落していた香苗を、ほぼ独力で登山道まで引き上げたことになる。ザイルは持っていたのだろうが、それにしても超人的な成功だ。奇蹟的だったとさえ言えるだろう。

「父は……」

と、香苗が続ける。

「父やわたしが生きているのは、野末さんのおかげだと言いました。ただ助けてくれただけじゃありません。野末さんはあの時に無理をし過ぎて膝を痛めてしまい、仕事にも差し支えるようになったと聞いています。父は、命の恩は返しきれるものじゃないと言っていました。一人分だけでも返せないのに、二人分の恩はどう返していいかわからない。とにかく、一生かけても恩には報いるつもりだし、お前にもその覚悟は持ってもらいたいと言っていました。父はいつも、野末さんには何もお返し出来ていないと言っていたんです。その父が、野末さんを殺すはずはありません。犯人は他にいると思います」

葛は机の上で指を組む。

「わかりました。もちろん、捜査には最善を尽くします。ところで、これは関係者全員に伺っていることですが」

香苗の表情に、束の間、緊張が走る。

「なんでしょう」

「あなたの、今月一日の行動を教えてください」

「いきなりそんな前のことを言われても、わかりません。わたしの行動なんて聞いてどうするんですか」

「繰り返しになりますが、関係者全員に伺っていることです」

香苗は俯いた。

「……スマートフォンを見てもいいですか」

「もちろん、どうぞ」

息を詰め、香苗はしばらくスマートフォンを操作していたが、ほどなくして小さな溜め息をついた。

「五コマ、ぜんぶ入っています」

「詳しくお聞かせください」

よほど安心したのか、香苗は微笑んでさえいた。

「いいですよ。一限は九時からマクロ経済学、二限は公共政策、午後に入って三限は数理経済学、四限は体育で、テニスを選択しています。五限は経済学史でした。終わったのは午後六時二十分です」

香苗の通う大学から高崎市までは、北陸新幹線を上手く捕まえられれば、一時間半程度で移動できる。だが高崎駅から宮田村の家までは車で二十分程度かかってしまう。葛はさらに訊く。

「その後はどうしましたか」

「えっ、必要ですか」

「はい」

香苗は再びスマートフォンを操作する。

「ええと、夜の七時からは居酒屋〈豚帝(トンペラー)〉新宿店で、零(れい)時までアルバイトをしていました。出勤表があるはずです」

「わかりました。今日のところは、帰って頂いて結構です。ただ、日中の連絡先を控えます」

香苗の目に戸惑いが浮かぶ。

「わたし、父が逮捕されたのは間違いだって言いに来たんです。それなのに、これじゃわたしが容疑者みたい」

葛は何も言わなかった。野末の希薄な人間関係の中で、数少ない例外が宮田村親子だ。香苗はたしかに被疑者である。

連絡先を教え、香苗が席を立とうとする。それを押し留めるように葛が訊く。

「もう一つ、伺います」

「……なんでしょう」

「野末さんの家族について、ご存じですか。お父さんから何かお聞きになってはいませんでしたか」

香苗はまっすぐに葛の目を見て答える。

「いいえ。何も聞いていません」

葛には、それが嘘だとわかった。


翌日午前中には、宮田村香苗の供述が裏付けられた。

七月一日に香苗が受けた講義の中で、四限は休講になっていたが、三限と五限への出席は確認が取れた。十九時からのアルバイトについても、出勤が確認できた。香苗は十四時四十分から十六時五十分までの百三十分間所在不明だったことになるが、どれほど速い手段を使っても、その時間では大学と現場を往復することは出来ない。香苗は運転免許を持っておらず、零時にアルバイトが終わってから高崎まで移動する手段も乏しい。事件そのものについて香苗は無関係だと葛は結論づける。

また、香苗が言っていた宮田村昭彦の障害手当金受給についても確認が取れた。受給は三年前だったが、〈ホワイトカンパニー〉の人事部に再度聞き込みをしたところ、宮田村は腕を上げること自体は出来ても、重いものを持ち上げたり、腕を上げた姿勢を維持することは困難だとわかった。念のため宮田村が通っていた〈高崎赤十字病院〉へも捜査関係事項照会書を送っているが、葛はひとまず、香苗の供述を妥当と見た。

死体損壊・同遺棄の容疑で宮田村を逮捕してから、一日が経った。葛は決断しなくてはならない。

殺人の容疑で宮田村の逮捕状を取るか、否か。すなわち、野末晴義を殺害したのは宮田村昭彦であると言い切れるか、判断しなくてはならない。

県警上層部は、一刻も早く逮捕状を取るよう急かしてくる。小田指導官は、そのタイミングは葛に任せると言っている。

引っかかるところの多い事件だ。だがすべて、解釈次第だとも言える。

谷川岳を登るような登山愛好家が、家族連れで賑わう〈きすげ回廊〉に死体を捨てたのは不自然ではないか。見つけてくれと言わんばかりの、これ見よがしな捨て場所ではないか。

ただ、宮田村は肩を痛めており、歩きやすい〈きすげ回廊〉ぐらいにしか死体を運べなかったのだとも考えられる。

包丁で胸を刺したという殺害方法と、肋骨に傷がなかったという解剖結果は矛盾しないか。刃渡り十六センチの文化包丁なら、刃部の幅は四センチ程度はある。切っ先が肋骨の隙間を縫って臓器や血管を傷つけ死に至らしめたのだとしても、肋骨に傷ひとつ残っていないのは、考えにくいのではないか。

これも、考え方次第だ。肋骨に傷はなかった……ならば包丁はたまたま肋骨に当たらなかったのだ、と割り切ることもできる。警察にいれば、もっとありえないような偶然にも巡りあうものだ。

血痕はどうだ。鑑識は、風呂場から大量の血液反応が出たと報告したが、居間や台所など他の部屋からは、大出血の痕跡は見つかっていない。現場は他にあるのではないか？　だとすれば、宮田村犯人説も揺らぐのではないか？

しかし、単に宮田村が野末を刺した後で包丁を抜かなかったため、出血が抑えられたのかもしれない。あるいはそもそも、殺害現場そのものが風呂場であったのかもしれない。あるいは、居間で野末の胸を包丁で刺したという宮田村の供述がでたらめで、本当は撲殺や絞殺なのかもしれない。そんな嘘をつく意味があるとは思えないが、意味もなく嘘をつく被疑者にも、たっぷりと出会ってきた。

宮田村は午後二時に野末晴義を殺害し、午後十時頃には遺体の切断を終えたと供述している。所要時間が長くはないだろうか。あるいは、短くはないだろうか。

葛には、どちらとも言いかねる。過去には、二時間程度で成人男性をばらばらにしたという事例が国内にある。宮田村が肩を痛めていたことや、道具を買い揃える時間が必要だったことを考えに入れても、八時間もあれば可能だと思える。逆に、八時間では長すぎるという気もしない。

宮田村の供述には、明らかに不合理だと言えるほどの違和感はなかった。いかにも本当に犯行に及んだのだろうという迫真性があった。ただ、もし強いて一ヶ所だけ疑問を呈するとすれば、なぜ高枝切り鋏を買ったのかという点だ。鋸では歯が立たない部位を梃子の原理で切断するためという供述は、そのまま受け取っていいのか。高枝切り鋏は、高い場所のものを、あるいは遠い場所のものを切るためのものではないのか。

とはいえ、言われてみれば、高枝切り鋏は腱を切るのに便利そうにも思える。

では、本当に宮田村が野末を殺したのかと考えると、やはりまだ何か引っかかる。これまで見たもの、聞いたことの中に、まだ検討を加えていない致命的な見落としがあるように思われてならない。

葛は菓子パンとカフェオレで食事をとり、書類の作成、捜査状況の報告、部下への指示などの仕事を済ませ、僅かな隙間の時間にまた考える。葛の机の上は、無数の報告書、葛自身のメモ、写真で埋まっている。

もし宮田村が犯人でなかったとしたら、誰が犯人なのか。県警の総力を挙げた捜査にもかかわらず、捜査線上には宮田村しか浮かんでこなかった。ただ唯一野末勝だけが、晴義の死による受益者だ。晴義と勝の間には親子喧嘩が絶えなかったという報道は高崎箕輪警察署に何十本もの浅はかな電話をもたらしはしたが、そういう発言をした近隣住民がいたことは事実だ。そしてもちろん、捜査陣は裏付けの捜査をしている。野末親子はたしかに、怒号飛び交うような喧嘩を繰り返していた。

一方で、野末裕子は、「これで勝も安心だ」と言っていたという。なぜ安心なのか？　それは宮田村が「何でも言うことを聞いてくれる」からではなかったか。また宮田村香苗は、父親が「一生かけても恩には報いるつもり」だと言うのを聞き、「お前にもその覚悟は持ってもらいたい」と言われたという。また、香苗は、野末の家族について何も知らないと嘘を言った。あれが嘘であったことを、葛はまったく疑っていない。

野末と宮田村、二つの家族の関係はどのようなものであったのか。何が野末晴義を死に至らしめ、その遺体を切断させたのか。それを実行したのは誰であったのか？

「証拠だ」

と葛は呟く。

葛が事件に違和感を抱くのは、関係者の心の動きをおかしく思うからではない。親愛が憎悪に、友情が殺意に、同情が執着に、人の心は容易く転変する。ゆえに捜査は物証をもって行われる。葛は、捜査班が集めた証拠を一つ一つ見直していく。Nシステムの記録、一一〇番通報の書き起こし、桐乃教授の解剖所見、〈野末塗装〉の貸借対照表、介護付き有料老人ホーム〈ふかざわ〉の規約——。

だがやはり、この事件の出発点は、〈きすげ回廊〉にばらまかれた遺体である。葛は幾度となく見返した遺体の写真を、初めて見た時と同じように凝視する。

そして葛は手元の白紙に、

《右上腕》

と書いた。続けて、発見された部位を並べていく。

《右上腿》
《右下腿・足》
《左上腿》
《左下腿・足》
《右前腕・掌》
《胴体》
《頭部》
《左前腕・掌》
そして、葛はヒトの概略図を描き、発見された部位を塗りつぶしていく。懸命の捜索にもかかわらず、左の上腕が見つかっていない。
葛は独りごちる。
「左腕だけ見つかっていない」
そこに意味はあるのか。左上腕だけ、別の場所に捨てられたという可能性があるのだろうか。偶然だろう、と葛は思う。むろん警察としては、見落としなど論外だと考えねばならない。だが〈きすげ回廊〉は広大過ぎる。一ヶ所だけ見つからなかったというより、よくも他の部位は見つけだしたものだと感心すべきではないか。
葛のペンが、ふと止まる。手元の白紙には、左の上腕だけが塗られていない人体が描かれている。

葛は知らず、呟いていた。

「いや、違う」

こうではない。報告書と証拠によれば、葛が描くべき図は、こうはならない。

葛は反射的に、もう一つの資料を確認する。そしてペンを置いて、立ち上がった。


取調室に宮田村昭彦が連行されてくる。立ち会いの刑事がドアのそばに立ち、取調担当官の椅子には、葛自身が座っている。それまで取り調べを任されていた刑事は、突然上司に席を奪われ、顔をしかめて取調室を出ていった。

宮田村は椅子を引こうとしたが、取調室の椅子は固定されている。おそらく、もう何度も同じことを繰り返しているのだろう。宮田村はわずかに笑った。それから宮田村は、向かいに座っているのがこれまでの刑事ではないことに気づいたらしく、目に驚きを浮かべた。

挨拶（あいさつ）は交わさない。宮田村が疲れた顔で言う。

「話せることは全部話しました。裁判はまだですか」

葛は、宮田村の言葉を無視する。

「三つ訊く」

「いくらでも答えますよ」

「これはどっちの発案だ。あなたか、野末か」

宮田村の表情が引きつった。答えはない。

葛は、宮田村が答えないことを予期していた。さらに問う。

「保険証書はどこだ。誰が持っている」

「……」

「これもだんまりか。まあいい、察しはついている。では三つ目だ」

葛はじっと、宮田村の目を見る。宮田村の顔色は白く、目は泳いで葛の視線から逃れようとする。

机の上で指を組み、葛は訊く。

「首はどこだ」

「首？　首は見つかったはずです。歯で、野末さんの身元が分かったと」

「それは頭部だ。私は、首はどこかと訊いている。……〈きすげ回廊〉には、捨てなかったんだろう」

宮田村が、「ああ」と声を漏らす。葛がこれまで幾度となく聞いてきた、すべてを看破された犯罪者の、絶望の声だった。

野末晴義の首は、胴体と接する部分で切断されていた。そして発見された頭部について、解剖の口述記録にははっきりと、

《第一頸椎、すなわち頭部と頸部が接する部分で切断されてあり。》

と書かれている。

つまり野末晴義の首は、頭部の下と胴体の上の二ヶ所で切断されていた。葛が描いた人体図

は、左の上腕に加え、首も白く塗り残されるべきだったのだ。

異常だった。頭部と胴体を切り離そうとするなら、打ち首よろしく、首の半ばで切り落とすのが楽だろう。鋸で二度切り込むというのは、運搬の便利のためという理屈では説明がつかない。切り離された未発見の頸部は、この事件が持つ意図そのものだと葛は理解した。

なぜ、野末の遺体は切断されなければならなかったのか。それは、首を切り離すためだった。首だけを切り離したのでは隠すべき意図が明らかになるから、他の部位も切ったのだ。では、その隠すべき意図とは何であったか。

答えは、高枝切り鋏にある。腕が上がらない宮田村は、それでも高所にあるものを切らねばならず、高枝切り鋏を買った。

そしてもう一つの答えは、保険証書にある。葛は言った。

「あなたを殺人罪で逮捕するわけにはいかない」

既に潰えてしまった希望にすがるように、宮田村が声を絞り出す。

「……いえ、刑事さん、私がやったんです」

「証明できない」

「わかってください。私が殺したんです。でないと、勝くんは」

「あなたがやろうとしていることは詐欺だ。警察に協力を求めるのは、間違っている」

取調室に嗚咽が響く。

立ち会いの刑事は、事態が把握できないでいた。ただ、宮田村が殺人を犯していないことがわかっただけで、他のことは理解できなかった。

　野末晴義は六年前、宮田村親子を救助して膝を痛め、その症状は年ごとに悪化した。仕事の質は下がり、もともと人づきあいがいい方ではなかったこともあり、晴義は孤独を深めていった。妻は去り、息子は一人前になったと思ったら、戻ってきて家にいて親子喧嘩が絶えない。介護の必要な母親を老人ホームに入れることは出来たが、入所させ続けるだけの金はない。

　そして野末晴義は自殺した。

　首を吊ったのだろう。宮田村昭彦が野末宅を訪れたのが、偶然だったのかはわからない。勝が友人の家に泊りがけで遊びに行く日を狙って自殺したのだとすれば、野末は後の始末のために、宮田村を呼んだのかもしれない。いずれにしても宮田村は野末晴義の死を見て、一つの決意を抱いた。

　恩人の遺児、野末勝に保険金を受け取らせなければならない。死亡保険には免責期間があり、その期間内に被保険者が自殺した場合、保険は下りない。野末晴義が保険を掛けたのは二年前だから、免責期間は過ぎていない可能性が高い。かつて〈大泉保険〉に勤めていた宮田村にとっては常識だっただろうが、晴義は免責期間を知らなかったか、知ってはいてもこれ以上生きられなかったのだろう。

　このままでは野末勝は保険金を受け取ることも出来ず、父を亡くし、家も職場もなくし、祖母の介護をしながら暮らすことになる。宮田村はその運命から勝を救うため、自ら「殺人犯」となることを決めたのだろう。

だが、一つ問題があった。野末晴義の死体が発見されなければ、晴義の死は確定せず、保険金も支払われない。だが死体がそのまま発見されれば、警察は野末晴義の死を、自殺だと正しく判断するおそれが大きい。

だからこそ、宮田村は高枝切り鋏を買った。腕が上がらない宮田村が縊死体を下ろすためには、ロープを切るしかなかったのだ。そして宮田村は死体を切断し、死因——頸椎骨折——を示唆する頸部を除いて、ほかの部位を榛名山麓の〈きすげ回廊〉に捨てた。そこであれば、遠からず誰かが死体を発見するからだ。

宮田村が野末宅から保険証書を持ち去ったのは、野末晴義が多額の生命保険に加入していることを警察に知られてはならないと思うあまりの、短絡的な行動だったのだろう。だが結果的にはその行動が、生命保険に葛の注目を向けさせてしまった。

そうしたことを、葛は立ち会いの刑事に説明しなかった。ただ宮田村に対しては、四つ目の質問をした。

「どうして、ここまでやった。あなたの計画がうまくいけば、勝は保険金を受け取っただろう。だが、あなた自身は殺人犯だ。初犯でも執行猶予は期待できない。なぜそこまで、野末のために自分を捨てようとした」

どれほどの決意があろうとも、殺人の罪を着ることが恐ろしくなかったはずがない。宮田村はやはりどこか、安堵したように溜め息をつく。

「服役は数年でしょうか、十数年でしょうか」

「それは裁判長が決める」

「いずれにしても、一生ということはないはずです。刑事さん、私は、一生をかけて野末さんに恩返しをしなければと思っていました。私は、私と娘は、それだけの恩をあの人に受けたんです。野末さんは私たちの命を救っただけでなく、この世には無償の善意が存在するのだと教えてくれた……。あの日、野末さんの家には遺書がありました。私に宛てて、勝くんを頼む、と。私は、ここだと思ったんです。一生をかけて返していくべき恩を返すのに、たった十数年の服役で済むなら……充分、引き合います」

「娘のことはどうなる。殺人犯の娘となれば、就職にも差し支える」

宮田村の表情に、厳粛さが宿る。彼は言った。

「仕方がありません。それが、私とあの子が払う代償というものでしょう」


宮田村昭彦は死体損壊・同遺棄の容疑で身柄を検察に送られた。

野末の家の鴨居からは、自殺の際についたと思しき痕跡が見つかった。群馬県警は野末晴義の死を自殺と発表。インターネットでは「自分の体をばらばらに切って自殺した事件」としてひととき話題となり、そして忘れ去られた。野末勝は裁判の中で宮田村の行動について質問を受け、「別に、僕が頼んだわけじゃないです」と証言した。

野末勝の生命保険証書は、宮田村の自宅から発見された。

〈野末塗装〉は倒産した。借金を払う目途が立たなかった野末勝は相続放棄を選び、野末宅は相続財産清算人によって売却された。〈ふかざわ〉の利用料を払い続けられず、勝は祖母と二人、高崎市内のアパートで暮らし始めた。その後、高崎箕輪警察署地域課は、野末裕子の徘徊について繰り返し通報を受けている。

葛は野末勝の生活について、ケースワーカーが対応を始めたことまでは把握した。犯罪性は確認できず、警察が関与する余地はない。

可燃物

十二月八日月曜日の午後十時五十九分、群馬県太田市昭和町三丁目のゴミ集積所から出火している旨、一一九番通報が入った。

通報者は近所に住む磯俣洋一（三二）で、後の取り調べに対し、煙草を買うためコンビニエンスストアに行こうとしたところで火に気がついたと供述している。磯俣はスマートフォンで一一九番通報を済ませた後、最寄りの民家の庭先に蛇口とバケツを見つけ、庭に入り込んでバケツに水を汲んで消火を始めた。初期消火は功を奏し、第1消火小隊が現場に到着した午後十一時十分、火はすでに肉眼で確認できない状態だったが、小隊は念のため注水を行って同十六分に鎮火を認めた。

磯俣がバケツを持ち出した民家の住人である谷村康太郎（七〇）は外の騒ぎに気づき、十一時八分に一一〇番通報している。同十七分に現場に到着した管轄署地域課の警察官二名に対し、谷村は、許可なく自宅の敷地に侵入してバケツと水道を使用した磯俣の行為は犯罪であると訴えた。警察官らはいきり立つ谷村をなだめ、磯俣に対しては住所氏名を記録した上で、説諭処分とした。

翌十二月九日火曜日の午後十一時十二分、昭和町三丁目に隣接する川原町二丁目で、ゴミ集積所から火が出ているとの一一九番通報があった。第一発見者は近所に住む下西美礼（一九）で、自室にいたところ異状に気づき、カーテンを開けたところ、火災を発見したと供述した。美礼はただちに両親に報せ、通報は美礼の父親である下西久太（四八）が行った。第2消火小隊が現場に急行し、ただちに消火を開始した。午後十一時二十二分、鎮火決定。被害は可燃ゴミ二袋が燃えるにとどまり、類焼はなかった。

　二日後の十二月十一日木曜日、午前九時二十分頃、ゴミ収集業務の一部を受託している〈上毛クレンリネス〉の坂田章清（四一）が、溝口町三丁目のゴミ集積所で可燃ゴミ一袋が燃えているのを発見した。坂田は連続火災との関連を考えて同社の事務所に連絡を行い、午前九時二十九分には、三田高生専務（六四）が警察に電話での相談を行った。所轄署刑事課は現場検証と周辺の聞き込みを行った結果、可燃ゴミに火がつけられたのは十日水曜日の深夜だったと推測し、同じように燃やされたゴミがなかったか調査を進めた結果、溝口町内の別のゴミ集積所に一部が焦げたゴミ袋があったことが判明した。

　太田南警察署は、月曜の深夜から続いた不審火は放火の可能性があると見て、捜査を開始した。しかし捜査体制が充分に整わない十一日深夜から十二日未明にかけて、市内南部を中心に三件の連続不審火が発生した。いずれもゴミ集積所を狙ったもので、一件は小火のうちに鎮火され、二件は自然に火が消えた。犯人は依然として不明で、群馬県警本部は太田市の事案を連続放火と判断し、捜査本部の設置を決めた。

　放火は、捜査第一課の管轄である。十二月十二日金曜日の朝、県警捜査第一課の葛班が太田市に派遣された。

雲が重く垂れ込めた日だった。関東一帯は長く低気圧に覆われていて、太田市周辺には、午後から雨になるという予報が出ていた。

群馬県警本部が置かれた前橋市から太田市までは、高速道路を使っても四十五分ほどかかる。葛は太田南警察署で到着の挨拶を済ませると、部下に最初の通報者への聴取を命じ、自らは所轄の刑事に車を運転させて現場へ向かった。刑事が車中で質問する。

「向かうのは、最初の現場でよろしいですか」

葛は問い返す。

「どこが最初か、判明しているのか」

ハンドルを握る刑事は、葛の言葉の意味を正確に汲み取った。

「最初に放火が行われた現場は不明ですが、最初に通報が行われた現場は、昭和町三丁目です」

葛は頷き、そこに向かうよう指示した。

昭和町三丁目の現場は、狭い道の両側に一戸建てが並んだ一角にある。おおまかに言って、中流家庭が集まる住宅地であった。平日の昼間、街は静まり返っている。事件当夜もやはり、同じように静かだっただろう。

ゴミの収集日を記したプレートが、電柱に針金で巻きつけられている。この電柱の下が集積所で、いま、アスファルトには焦げ跡だけが残っている。消火剤を用いれば白い粉がしばらく残るはずだ。この現場の消火は水だけで行われたのだということを、葛は現場から読み取った。

男が近づいてくる。長身にジャージ姿で、大きな鞄を持った、精悍（せいかん）な若い男だ。所轄の刑事が、意外そうに眉を寄せる。

「消防の人間です。どうしてここに」

葛が言った。

「俺が呼んだ」

長身の男は、刑事たちの前で頭を下げた。

「どうも、お待たせしました。消防本部の幡野（はたの）といいます。葛さんは……」

「私です。ご足労いただき恐縮です」

三人は名刺を交換する。幡野の名刺には、「予防課火災調査係」という肩書が刷られていた。出火があれば、消防はその原因を特定する。その調査は消防隊員が行うこともあるが、今回は連続放火が疑われているためか、専門の調査係が担当しているようだ。

挨拶もそこそこに、葛が単刀直入に訊く。

「放火ですか」

幡野も率直に答えた。

「まず間違いないでしょう。これが当夜の様子を撮影した写真です」

写真の背景は夜だった。ゴミ集積所にゴミをつめたポリ袋が二つ置かれていて、そのうちの一つが、半分ほど焼けている。あたりがずぶ濡れであることは、写真からでも見て取れる。

この現場では第一発見者が消火を行った。写真から目を離さず、葛が訊く。

「消防が到着する前に通報者が火を消し止めるケースは、多いものですか」

「通りがかりの人間が消し止めたというのは、私は初めて聞きました」

「異状ということですか」

幡野は慎重だった。答えが返るまでに、少し間が開く。

「……通報者が初期消火を試みること自体は、珍しくありません。ただ、充分な消火器具もないのに無事に消し止めてしまったというのは、少し珍しいと言えるでしょう。火の勢いが弱かったことと、通報者の判断力が優れていたことが成功の原因だと思われます。異状と言えば異状ですが、こういう異状は、消防としては大歓迎ですね」

「火の勢いが弱かった。何か、理由がありますか」

「そうですね。ご承知とは思いますが、今週はずっとすっきりしない天気で、大雨こそ降らないものの、空気はずっと湿っていました。この季節には珍しく、風も弱かったですね。そうした天候が幸いしたとは言えるでしょう。そしてもう一つ、ゴミの中身を見てください」

ゴミ袋からは、バナナの皮が覗(のぞ)いていた。

「生活ゴミですね」

「はい。火がつけられたゴミ袋には、生ゴミがそのまま入っていました。生ゴミは水分を大量に含みますから、燃えにくいわけです」

「それでも、火はついた」

「中身がどうあれゴミ袋自体は石油製品ですから、よく燃えます」

「失火ではなく放火だと判断した理由を教えて頂けますか」

幡野は、口元を引き結んで頷いた。

「現場に、ねじって棒状にしたチラシが燃え残っていました。チラシの尖端に火をつけて、ゴミ袋に押し当てたものと思われます」

言いながら、幡野は写真を二枚、葛に渡す。一枚目には半ばまで燃えた棒状のチラシが写っていて、二枚目ではそのチラシが広げられていた。スーパーマーケットの店名が読み取れる。

「このチラシは、どこで配られていたものですか」

「消防では調べていません。そちらの写真は差し上げて構わないものです」

警察に調べてほしいという意図を、葛は汲み取った。火災調査は出火の原因を突き止めるために行われるのであって、証拠を辿って被疑者を特定し逮捕することは、消防の役割ではない。

葛は所轄の刑事に写真を渡し、重ねて幡野に訊く。

「ほかの不審火でも、同じチラシが使われていたんですか」

「いえ。着火に用いた紙類が見つからなかったケースもありますし、チラシではなく、雑誌のページが見つかったケースもあります」

「現物があるようでしたら、警察に引き渡して頂けませんか。重要な証拠です」

幡野の表情に、初めて困惑が浮かぶ。

「それは、私の一存では決められません。手続きを踏んで頂きます」

消防が発見した証拠は、消防が火災鑑識に用いるためのものだ。二つ返事で警察に引き渡されるとは、葛も思っていない。ここは引き下がる。

「わかりました。それは後ほど」

「さしあたり、画像データをお送りしておきます」

「どうぞよろしく」

そう言って、葛は改めて、現場の写真を見る。

「犯人は火のついたチラシをゴミ袋に押し当てた。手口としては、それだけですか」

幡野が頷く。

「現時点でわかっていることは、そうです。油をはじめとした、燃焼を促す物質は検出されていません。ここだけではなく、すべての放火現場で、そうしたものを撒いた形跡はありませんでした。また、マッチの燃えさしなども一切見つかっていません」

「チラシにどうやって火をつけたかは、わかるものですか」

「ガスやリンの痕跡が残ることはありますが、着火部が焼失していることもあって、やはり何も検出されていません。……推測でお話ししてもよろしいですか」

「お聞きします」

「ふつうのライターでしょう。キャンプなどで用いる着火レバーから着火口までが長いタイプなら、それ自体で直接火をつけるのが自然です。マッチなら、マッチそのものをゴミ置き場に投げ入れればいい。ねじった紙に火をつけるというステップから見て、犯人が用いているのは、ごくふつうのライターだと考えると辻褄が合います」

辻褄が合うというのは重要なことだが、葛は、辻褄が合うことをすべて事実だと考えることはない。一方で、専門家の意見を軽んじることもない。

「お聞きしておきます」

とだけ答え、さらに訊く。

「燃えたのはゴミばかりだと聞きましたが」

「ええ。リストにしてあります」

幡野がすぐにプリントを取り出す。

たしかにゴミばかりだった。眼前の現場で燃えたものと同じく、透明なゴミ袋に入れられた可燃ゴミばかりが狙われている。七件すべてで、可燃ゴミを狙っている――葛はそこに、犯人のかたくなさを見る。

「犯人の人物像について、所見はおありですか」

「調査係の職分からは少し離れますが」

「印象で結構です」

そう促され、幡野は答える。

「昭和町三丁目は火曜日と木曜日、川原町は水曜日と金曜日に可燃ゴミを収集します。つまり燃やされたのは、収集日の前夜に出されたゴミでした。ほかのケースも同様です。ご承知のとおりゴミは収集日の朝に出すもので、前夜に出すのは、ルール違反ではあります。また、川原町のケースでは、ゴミ袋の中に牛乳パックや食品トレイが含まれていました。そういうものは市内のスーパーマーケットなどでリサイクル回収が行われていますから、可燃ゴミとして出すのはやはりルールに反してはいます。少々短絡的かもしれませんが、犯人はゴミ出しのマナーに不満がある地元の人間ではないか……。私は、そんな印象を持っています」

葛は黙って頷く。

幡野は、焦げ跡が残る現場を見やって呟く。

「まあ、いずれにしても、火つけは火あぶりですよ。これまでは小火で済みましたが、次もそうとは限らない。消防はピリピリしています」

ぽつり、と小粒の雨がアスファルトに落ちる。暗い空を見上げ、幡野は少し表情を緩めた。

「こんな時の雨は、ありがたいですね」

太田南署のまとめた資料によれば、不審火の予想出火時刻は午後十時半から十二時までの間に固まっている。類似事案と比較すると、発生時刻はやや早いと言えた。事件現場は住宅地に偏っているが、それ以上の共通点は見当たらない。所轄の刑事たちの聞き込みによれば、いまのところ、現認されている七件以外に不審火は見つかっていない。

捜査の基本は聞き込みと張り込みであり、現場によっては、そこに防犯カメラ精査が加わる。葛は署に戻ると、小田指導官の同意を得て捜査官を三班に分け、一班に現場周辺での聞き込みを、一班に防犯カメラデータの回収と精査を、一班に張り込みの好適地を探ることを指示する。

張り込み班にまわされた刑事が、会議室の窓からいまいましそうに空を見る。

「雨じゃ、犯人は動きませんね。見込みが薄いでしょう」

葛はその言葉を聞き流す。刑事の言葉は正論だが、だからといって、張り込みをしないという選択肢はない。

一方、最初の通報者への事情聴取のために派遣した刑事は、むなしく戻ってきていた。

「磯俣は出張で、昨日から三重だそうです。戻るのは明日です」

太田南署は磯俣について、住所や職場などを聴き取っていた。磯俣洋一の勤務先は〈トワ食品〉で、食品加工の会社である。葛が訊く。

「出張の用件は」

「磯俣の上司によれば、牡蠣（かき）の仕入れについて生産者と打ち合わせをするためだそうです」

葛は少し眉を寄せた。

「前から予定されていた出張なのか」

「そう答えました。この時期の出張は毎年のことで、磯俣が行くことも先月には決まっていたそうです」

「出張先の電話番号は押さえてあるか」

「はい」

刑事は必要なら地球の反対側にでも証言を取りに行くが、予算と人員は有限である。葛は頷いた。

「連絡して、話の裏を取れ。問題ないようなら、磯俣への接触は先に延ばす」

その刑事が立ち去ると、別の刑事が報告に訪れる。

「着火に用いられたチラシについて、調べました」

葛が頷くと、刑事はメモも見ずに言う。

「例のチラシは、市内のスーパーマーケット〈ほみたや〉が十二月七日に出したものです。読売、朝日、毎日に加え、上野(こうずけ)新聞の朝刊に挟み込まれていました。各店舗でも配布していたそうです」

葛のメールアドレスには、ほかの事件で着火に用いられた紙類の画像データが届いていた。それをプリントアウトし、刑事に渡す。

「同様に洗え」

「はい」

「実物は手配中だ。必要なら消防に連絡して、見せてもらえ。見るだけなら文句は言われないはずだ」

それぞれの部下が行動を開始し、捜査本部はいったん静かになる。葛は菓子パンとカフェオレで遅めの昼食に代えつつ、類似前科のある者のリストを再確認していく。

傷害や窃盗に比べ、放火は頻繁に起きる犯罪ではない。必然、前科者のリストも薄い。一方で放火犯は、同形の犯罪を繰り返す傾向が強い。葛は過去十年分の手口資料を見ながら、今回の連続放火と重ね合わせる。

不審火は住宅地に集中している。犯人はおそらく、地理に通じた地元の人間だろう。葛はそれを踏まえて前科者リストを見ていくが、太田市出身の人物は一人も載っていなかった。もっとも、警察は前科のある人間の現住所をリアルタイムで把握しているわけではないので、リストに載っている誰かが現在太田市に住んでいる可能性は充分にある。

葛は、手口資料に掲載されている類似事件のいずれも、今回の事件とは似ていないと感じていた。燃えるゴミだけが狙われるのはなぜなのか。ゴミ出しマナーへの不満が犯行の背景にあるという幡野の意見は採れない、と葛は考えている。市内を広く移動しながら放火を繰り返すという犯行形態と、ゴミ出しマナーへの不満という動機とは、かみ合いそうもない。

では、なぜか。なぜ犯人は、放火を繰り返しているのか。いま、犯人の欲望を理解するための情報は手元にあるだろうか。

——いや、と葛は思う。現段階では考えを深めても臆断(おくだん)に陥るだけと判断し、葛は書類をテーブルに置く。

日が暮れていく。葛は張り込み態勢の構築と並行して、消防に対して証拠の引き渡しを求める、調査資料引受書を作成する。書式は消防署側が定めるが、統一された決まりがなく、警察署長の印を必要とする場合も、書類作成者の署名捺印で良しとされる場合もある。太田南警察署には書類の雛形(ひながた)がなかったので、葛は幡野に電話をかけ、FAXで書式を送ってもらう。書類の発行人は指定されていなかったが、小田指導官に葛の名前で書類を書いてよいか確認した結果、警察署長名で書類を出すよう指示が下った。警部である葛が太田南警察署長に直接捺印を申し出ることは頭越しの形になるため、書類は小田を介する形になる。太田南署長は火急の別件を抱えており、葛が望んだ書類が揃うまでには四時間かかった。

予報に反して雨は小雨で、すぐに上がった。夕方から吹き始めた赤城おろしが雲を吹き払い、空気が乾燥していく。テレビをつけると、低気圧が予想よりも早く東方へ去り、北関東は一週間ぶりに晴れることが報じられていた。雨では犯人が動かないと渋っていた刑事もあまりの強風に顔をしかめて、

「この風じゃ、火は怖いな」

と言い始める。

会議室には太田市の地図が張り出され、張り込み班の位置に赤い印がつけられていく。しかし市内の広さに比して、赤い印の数はいかにも少ない。人員が足りていないのだ。

刑事は、翌十三日土曜日に可燃ゴミの収集が行われるエリアに重点的に配置されている。葛は幡野の見立てを採らなかったが、火がつけられたのは収集日の前夜に出された可燃ゴミという事実は重視している。

張り込み班が会議室に集められる。出発に際し、太田南警察署長の訓示に続いて、葛が具体的な指示を出す。

「声はかけないように」

と、葛は命じた。

「目的は犯人逮捕だ。声をかけて警戒され、以降の犯行を控えられては、事件は未解決になる。

不審な人物を見つけたら顔を憶え、住所氏名を突き止めるように。ただし、言うまでもないが、放火の現行犯を確認したら即座に確保しろ。決して、火をつけさせてはならない」

張り込みの刑事たちの表情に、不安と不満が浮かぶ。

ゴミ集積所のそばで不審な人物がライターに火をつけても、それ自体が犯罪であるとは言えない。ねじったチラシに火を移しても、それ自体が放火に当たるとまでは言えない。

犯人がゴミに着火すれば、疑いなく現行犯逮捕できる。しかしそれは、火災の発生を看過することにほかならない。つまり火災阻止と犯人逮捕を両立させることは机上の空論に過ぎないが、葛はその空論を命じた。警察の仕事にあって、この手の建前論は珍しくない。刑事らは従い、市内に散っていく。


風は深夜にかけて強さを増した。

深夜零時二分、署の外から消防のサイレンが聞こえてくる。会議室で待機する刑事たちに緊張が走った。テーブルには、無線機と葛のスマートフォンが並べて置かれている――それはどちらも鳴らなかった。

葛はスマートフォンで消防本部に連絡を取る。葛と同じく、幡野もまた持ち場に残っていた。

「どうも、県警の葛です。いま消防車が走っていったようですが」

応じる幡野の声は、緊張していた。

『駅前のラーメン店から出火です。通報では、吊り棚から割り箸を出そうとしたら落としてしまって火がついた、と言っていました。いまのところ、不審火だという情報は入っていません。この風ですから、心配ですが……』

「わかりました」

『ご苦労様です』

電話を切り、葛は会議室の刑事たちを見る。

「火元は駅前のラーメン店。通常の火災と見られる。警戒を継続しろ」

無線を通じて、たちどころに情報が共有される。

午前二時をまわった。夜を徹して張り込みをするのは珍しいことではないが、今回の連続放火で午前零時以降に通報が行われたケースはない。だが、葛は張り込み班の引き上げを命じなかった。一方で自らは会議室を引き上げ、眠った。部下を現場で徹夜させておき、自分は眠ることを嫌がる指揮官もいる。だが葛は、自らの判断力が低下し、事件が長期化することをこそ恐れる。

翌朝、六時に会議室に現れた葛は、まず前夜の首尾を訊く。徹夜で会議室に詰めていた刑事は充血した目で、

「通報なしです。駅前の一件を除いて、火事はありませんでした」

と報告した。

午前七時にかけて、市内各所から刑事が戻ってくる。県警捜査第一課の刑事は知力体力ともに県下最精鋭であり、一晩ぐらいの徹夜では疲労を見せない。所轄署の刑事もまた、士気は衰

えていない。

報告によれば昨晩、不審火は発生しなかった。一晩を通じて、人の姿を見たという刑事さえ、ほとんどいない。何も見なかった刑事は下がって休むように命じられたが、何かを見た刑事は、そうはいかなかった。会議室には、三組六人の刑事が残された。

捜査第一課の宮下と所轄の刑事で構成された二人組は、市の東部、平和町のゴミ集積所を監視していた。平和町は古いアパートが多い住宅地である。葛に促され、宮下が報告を始める。

「監視場所の近くに平和第二公園という公園があって、ここはよく未成年者が集まるので、生活安全課や地域課がマークしています。午後十一時過ぎに若者が四人ほど集まって、飲酒、放歌した上、一人が着火状態のライターを投げました」

「投げた？」

葛は眉を寄せる。

「どこに向かって投げたんだ」

「砂場です。一人が、あぶねえな、と笑うのを聞きました」

宮下が促し、所轄の刑事が報告を続ける。

「ライターを投げた若者は身元がわかっています。小河峰雄（おごうみねお）、十九歳。現在の職業は不明。補導歴はありますが、前科はありません。自分が地域課にいた頃に何度か見た相手で、顔写真もあります」

小河の行動は危険だが、連続放火とは手口が違う。宮下たちもそれは充分に承知しているようで、報告はしたが連続放火事件とは関係がないだろうという考えは、そこはかとなく態度に滲んでいた。

葛が訊く。

「ライターは、小河の手から離れても火がついたままだったんだな」

宮下らの表情に動揺がよぎる。

「はい、そうでした」

「なら、オイルライターか。小河はオイルライターを持つようなタイプなのか」

広く普及している内燃式のガスライターは、着火ボタンを押すことで火種にガスを供給する仕組みになっているため、ボタンから指を離せば火が消える。手から離れても火がついていたのならば、小河が所有していたのはオイルライターだったと考えられる。オイルライターはガスライターに比べて一般的に高価で、燃料のオイルも別途購入して補充し続ける必要がある。総じて、趣味的な道具だ。

所轄の刑事が不覚の念をにじませる。

「……小河は裕福ではないですし、服装や持ち物にこだわりはなさそうです。たしかに、好んでオイルライターを所有するタイプとは思えません」

「わかった。顔写真は出しておけ。次を聞こう」

二組目は、これも捜査第一課の佐藤と所轄の刑事のペアだった。彼らが張り込んでいたのは市内南部の昭和町で、最初に通報のあった現場に近い。佐藤が言う。

「午後十時四十三分、六十五歳から七十五歳ぐらいの男性が、西方向から東方向へ歩いていきました。コートの襟に首をうずめて俯き気味に歩いていて、ゴミ集積所の前まで来ると立ち止まり、そこに出された可燃ゴミをしばらく見ていました。可燃ゴミは、午後十時二分に近隣住民と思しき女性がそこに置いたものです」

「それから？」

「それだけです。男性はまた俯いて、歩いていきました」

佐藤がメモを繰る。

「尾行して、住所を突き止めています。表札には大野原と出ていました」

葛が訊く。

「何か、尾行する理由があったんだな」

佐藤は言葉を濁した。

「ええ、まあ。……ちょっと、ありそうだと思ったんです」

つまり直感である。

葛は、直感とは観察力の蓄積が警告を発することだと考えている。直感を鵜呑みにして見込み捜査をするのは最悪だが、根拠が直感だけであることを理由に疑いを取り下げるのは、その次に悪い。佐藤は葛班の中でも優秀な刑事であり、その彼の直感に引っかかったのなら、何かがあったのだ――それが犯人の判明を意味するかはともかく。

佐藤が言葉を続ける。

「昨夜は寒かったですからね。年配の男性が用もなく出歩くのに向いた夜じゃありません」

葛は大野原という名前を記憶に残す。

三組目は、村田と所轄刑事のペアだ。彼らは市内でも団地が立ち並ぶ一角に張り込んでいた。村田が報告する。

「午後十一時三十二分頃、三十代半ばと思われる男が北方向から徒歩で近づいてきました。男は団地住人用のゴミ集積箱を見ると何度かそれを蹴りつけ、左右を窺うと煙草に火をつけ、その煙草を集積箱の中に差し込んでいきました。集積箱の中には可燃ゴミと思われるゴミが二袋、入っていました。付け加えると、この団地の可燃物の収集日は水曜日と土曜日です」

葛が顔を上げる。

「なぜ現行犯で取り押さえなかった」

村田は気後れする様子もなく、報告を続ける。

「煙草とゴミが接触したことを確認できず、ゴミの発火もありませんでしたので」

頷き、葛は無言で先を促す。

「男は数秒そのままで、それから煙草を引き上げて吸い、団地の中に入っていきました」

「部屋番号は」

「二〇一号室の郵便受けを開けたのを確認しています。二〇一号室の表札には宇佐(うさ)という名前が出ていましたが、男が宇佐かどうかは確認が取れていません」

煙草で着火を試みるというのは、これまでの手口とは一致しない。だが、その男が放火に類する行為をしたこと、その対象が収集日の前夜に出されたゴミだったという事実は無視できない。

「わかった。ご苦労だった」

葛は刑事らに休むよう命じた。

午前八時十五分、張り込み班を除く捜査員が出席して、情報共有と捜査方針指示の会議が開かれる。

刑事たちの報告に加え、消防からの情報でも、昨夜不審火が発生しなかったことは確認された。駅前のラーメン店での火災は通報のとおり事故による出火で、ほどなく消防によって消し止められていた。防犯カメラの精査は進められているが、住宅地に設置されたカメラのほとんどは自宅に侵入する不審者を捉えるためのものであり、行き来する者の顔が確認できるデータは見つかっていない。聞き込み捜査でも、はかばかしい成果は得られていなかった。

前夜、張り込みの刑事たちが確認した三人の不審人物について、資料が配られた。葛が今日の方針を伝える。

「聞き込み班と防犯カメラ班はそのまま続けてもらうが、これから名前を呼ぶ人員には、昨夜の張り込みで浮上した小河峰雄、大野原、宇佐について調べてもらう。大野原と宇佐については、名前の確認からだ。写真も撮れ。最初の通報者の磯俣にも、確実に当たるように。以上」

刑事たちが散っていく。その中で一人、太田南署の刑事が残った。定年を間近に控えた、年嵩の刑事である。

「班長、よろしいですか」

「もちろんです。なんでしょう」

その刑事は少しばつが悪そうに、しかしはっきりと話した。

「大野原という名字に聞き覚えがあります。同姓の別人かもしれませんが、いちおうお伝えしようと思いまして」

「……詳しく話してください」

「はい」

話をあらかじめまとめていたのか、刑事の話は淀みなかった。

「七年前、〈ヤスファニチャー〉という家具小売業者の倉庫から火が出まして、死者は出ませんでしたが、建物が全焼しました。業務上失火の疑いがありましたので捜査が入り、倉庫の責任者に話を聞いています。その男の名前が、大野原孝行でした」

〈ヤスファニチャー〉の倉庫火災は、葛の記憶にも残っている。当時はテレビや新聞でも大きく報道された火事だった。だがさすがに七年前のことであり、葛はそれ以上のことを憶えていなかった。

「その大野原の年齢と住所は」

「当時六十五歳ぐらいでした。正確なところは、当時の記録に当たります」

「それで、捜査の結果はどうでしたか」

「事件性はないという結論が出ています。火災の詳しい経緯までは、こちらではちょっと」

葛は頷いた。

「わかりました。資料をお願いします」

ほどなく、刑事が七年前の資料を運んでくる。それによれば、倉庫の責任者は大野原孝行、当時六十四歳。住所は太田市城北町となっている。葛は太田市の地図を見たが、部下の佐藤たちが昨夜大野原と思しき人物を見た昭和町と城北町は、少し離れている。

昨夜、張り込み班は大野原の顔写真を撮っていない。葛は刑事に命じる。

「昭和町で目撃された男性を確認してもらいます。佐藤に案内させるので、合流してください」

「わかりました」

刑事の報告を待つ間、葛はほかの資料に目を通す。着火に用いられたチラシ類について、現在判明した範囲の資料が上がってきていた。

これまでの七件の不審火現場のうち、五件でチラシ類が確認されている。それによれば、昨日のうちに判明していたスーパーマーケット〈ほみたや〉のチラシのほかは、ピザ宅配店〈ハニホピザ〉のチラシが一件、「週刊深層」十二月十五日号のページを破って用いられたものが二件だった。〈ほみたや〉と〈ハニホピザ〉の両方がチラシを出稿している新聞は読売、朝日、上野新聞の三紙で、ただし〈ハニホピザ〉のチラシはポスティングでも配られていた。「週刊深層」の発売日は十二月八日、つまり最初に通報された事件があったその日であることも記載されている。葛は手元のメモに、「書店、コンビニのカメラ精査?」と書きつける。

一時間後、刑事から連絡が入る。

『顔を見ました。間違いありません』

昨夜捜査線上に浮上した男性は、大野原孝行だと確認された。葛は刑事に、そのまま大野原の捜査に加わるよう命じる。刑事との通話を終えると、葛はスマートフォンを操作して、消防本部の幡野に連絡した。電話は、コール音が鳴る間もなく繋がる。

『はい、幡野です』

幡野の声は疲労が隠せない。

「葛です。お忙しいところ、申し訳ない。お尋ねしたいことがあります」

『なんでしょう』

「捜査線上に、〈ヤスファニチャー〉という家具店の倉庫で七年前に起きた火災の関係者が浮かんできました。刑事事件にならなかったので警察には詳しい資料がないのですが、そちらには記録などありませんか」

声は一瞬ためらった。

『ありますが、お見せするには、やはり手続きをお願いすることになります。書類は別途ご用意いただくとして、おおよそでよければ、私が説明できます』

「ぜひ、お願いします」

『わかりました。そう入り組んだ事情はないですが、やはりお会いしてお話しした方がいいでしょう。ご都合はいかがですか』

「こちらからお願いしたことではありますが、いま捜査本部を離れられないので、来て頂けませんか」

『大丈夫です。では、用意もありますので三十分後に』

　幡野は約束通りきっかり三十分後に、今日も大きな鞄を提げて太田南署を訪れた。幡野はさっそく会議室の机の上に古い写真を並べていく。かつてはどのような姿だったのか想像することも難しい、何もかも灰燼に帰した場所に煤で真っ黒になった鉄骨だけが立つ、火災現場の写真だった。幡野が言う。

「〈ヤスファニチャー〉倉庫火災は、消防の方ではいまでも語り継がれる大火災です。どこまでご存じですか」

「死者が出なかったことと、刑事事件には発展しなかったこと、それだけです。後は当時テレビや新聞で見た範囲のことしか知りません」

「そうですか」

　と幡野は頷いた。

「では、大枠からお話ししましょう。〈ヤスファニチャー〉は宇都宮市に本店を構える家具店です。アウトレット品を扱うことが多く、太田市中心部にショールームもありますが、倉庫でも小売をしていました。二階建ての倉庫にこれでもかと商品を詰め込んでいましたね。ただ、火災報知機やスプリンクラーを備えていて、消防法はクリアしていました。倉庫があったのは緑町で、地図を見て頂ければわかりますが、農地の広がる郊外です。周辺は水田で、火災は二月でしたから、刈田になっていたのが幸いでした。もし隣が民家だったら、まず間違いなく延焼していたでしょう」

鞄から、幡野はさらに写真を取り出す。

「消防査察の時に撮った、外観の写真です」

倉庫の前面は駐車場になっていて、配送用らしきトラックを含めて数台の車が停まっている。二階建ての倉庫には「ヤスファニチャー」と片仮名書きの看板が掲げられていた。倉庫の周辺にも家具が並べられていて、段ボール箱もあちこちに積まれている。幡野が言う。

「この写真からではわかりにくいですが、倉庫の周辺は駐車場だけが舗装されていて、ほかは雑草が生えっぱなしです。雑草は冬枯れし、非常に火がつきやすい状態でした。実際、火は倉庫周辺の雑草から燃え始めたと考えられています。枯れた草が燃え、それが倉庫のまわりに積まれた段ボール箱に引火し、次に倉庫そのものに燃え移りました。スプリンクラーは初期消火にこそ有効ですが、いったん燃え上ってしまった火には力不足です。倉庫の中身が家具、つまりおおむね乾いた木とプラスチックだったというのも、火事には悪い方向に働きました。消防が現場に到着した時には、火は屋根の高さを超えていました」

幡野は淡々と話す。

「この火災でたしかに死者は出ていませんが、それは奇蹟です。客の避難が確認できていないと聞いた最先着隊の小隊長が、ただちに突入を決断した結果です。消防隊員が十人いたら九人までが断念する、危険というより手遅れの現場で、実際、部下を二次被害の危険に晒したとして小隊長の判断は後に問題になっています。小隊は火中に突入し、これも奇蹟的に、要救助者を見つけ出しました。要救助者を背負って小隊が倉庫から出るのと、倉庫の二階の床が崩落したのは、ほぼ同時でした。要救助者は重体、消防隊員にも重傷者が出ましたが、幸いどちらも後に恢復しています。彼らを含めて重体者二名、重傷者四名、軽傷者六名。太田市消防史上に残る惨事でした」

葛がペンを片手に訊く。

「いちおう念のためですが、その要救助者の名前はわかりますか」

幡野は首をひねる。

「うーん、厳密には個人情報かもしれませんが、捜査のためですから、問題ないでしょう。藤谷という二十代の女性です」

「倉庫の責任者は誰でしたか」

「責任者ですか？　ええと……そう、大野原さんといったと思います。出火に対して、非常に強く責任を感じておられました。本人は商談に出かけていて難を逃れたので、なおのこと自責の念が強かったようです」

「大野原は実際に法的な責任を問われたのでしょうか」

幡野は首を横に振った。

「火災の原因は不明です。漏電など、施設の問題を疑わせる所見は出ていません。先ほど申し上げた密度の高い陳列法も、消防法に反してはいませんでした。まあ、まず間違いなく、煙草でしょう。客が駐車場で煙草を吸っていたところが目撃されていますし、草地の一番よく燃えていたあたりから、炭化した煙草のフィルターが見つかっています。火がついたままの煙草を枯れ草に投げ込んだとはさすがに考えたくありませんが、煙草を捨てる際に火を踏み消したつもりで実際には消えていなかったというのは、ままあることです」

「その、煙草を吸っていた客というのは、突きとめられなかったのですか」

口惜しさと諦めが入り混じったような笑みをつくり、幡野は言う。

「当時は防犯カメラも普及しておらず、わからなかったようです。それに、仮に煙草を吸っていた客が判明しても、その煙草と推定発火点で見つかった炭化したフィルター、実際の出火を結びつけることは、事実上不可能ですからね。放火とは言えません」

葛は出し抜けに訊く。

「ところで、宇佐という名前に聞き覚えはありませんか」

突然の質問に、幡野の返答は遅れた。

「宇佐……ですか？　さあ、知らないですね」

「そうですか」

「私からも伺いたいんですが、〈ヤスファニチャー〉火災と今回の連続不審火、どんな関係があるんでしょう」

葛はわずかに頭を下げる。

「申し訳ないが、捜査中の情報についてはお話し出来ません」

幡野はひどく落ち着いた声で、

「まあ、そうでしょうね」

と言った。


午後、最初の通報者である磯俣の聴取に向かった刑事が戻る。

「だいぶ、逃げまわられました」

刑事は苦々しげにそう言った。葛が訊く。

「何か、逃げる理由があるのか」

「磯俣は、近所の住人の庭先から勝手にバケツを持ち出した件で地域課から説諭を受けています。磯俣の行動は、まあ犯罪かどうかと言えば犯罪ですが、本人にしてみれば納得いかないのも無理はないでしょう。本当に不法侵入で逮捕されるのではないかと不安で、警察を避けていたようです」

その経緯は葛も報告書で把握している。葛は無言で先を促す。

「不法侵入の件は説諭で終わっていて、あくまで放火の犯人を捜すのに協力してほしい旨を伝えて、ようやくいろいろ聞けました。磯俣は午後十一時頃、徒歩で二分ほど離れたコンビニに煙草を買いに行こうとして、丁字路を曲がったところで火に気づいたと言っています。すぐに一一九番通報しましたが、電話を切ってよく見たら火の勢いが強くなかったため、何とか消火できないかと考えたそうです。近くの家の庭にバケツと水道を見つけて消火を始めたところ、火は程なく消えましたが、このまま立ち去っていいのか迷っていたところで、民家から出てきた住人に難詰されたということです。むっとして言い返したところ、警察に通報された。その後で消防が到着し、それから数分後に自転車で警察官が到着した。……詳細は供述調書にまとめますが、おおむね以上です」

葛は机の上で指を組む。

「消防への通報は、午後十時五十九分だったな」

「はい。磯俣はあくまで、コンビニに向かおうとしたのが午後十一時頃と言っています」

「丁字路を曲がったところで火に気づいた。磯俣の住居と現場との位置関係は」

「供述通りです」

指を組み替え、葛は言う。

「通報、消火。動きに迷いがない」

刑事が頷く。

「自分もその点が気になって、戸惑わずに行動できた理由が何かあるのか、それとなく訊いてみました。父親が消防隊員で、火が消えたかどうかは見た目でわからないこともあるから一一九番はためらうなと教わったそうです。それでまず通報したものの、消防の到着を待っているうちに、これぐらいの火なら何とかなるのではと思った、と供述しています」

少し間をおいて、刑事は一言付け足す。

「磯俣の父親が消防隊員であることは、確認が取れています」

「父親が偶然消防隊員で、捜査が始まったら、偶然出張で不在か」

「気になりますか」

葛は、組んだ指を解いた。

「……ご苦労だった。以上か？」

葛が答えないことにわずかに不満を見せつつ、刑事は言う。

「いえ。消防に通報した後、磯俣が現場の写真を撮っていました。プリントアウトしたものが、これです」

机の上に写真が置かれる。

ゴミ集積所で、ゴミ袋が燃えている。可燃ゴミと思われるゴミ袋は三つで、二つは四十五リットルサイズと思しき大きな袋、一つはレジ袋にゴミを入れて持ち手を結んだものだ。集積所にはほかに、新聞紙を入れた紙袋と、ビニール紐で縛られた段ボール箱も出されている。燃えているのは四十五リットルのもので、火はほぼゴミ袋全体を包み込んでいる。

葛の眉が動く。

「バケツで消せるほど弱い火には見えんな」

「磯俣が言うには、火の勢いが弱まったのはこの写真を撮った後だそうです」

「この火勢なら、たしかに消防も呼ぶだろう」

わずかなひっかかりを覚えつつ、葛はそう言った。

夕方にかけて、太田市付近はまた風が強まり始める。気象庁は太田市を含む群馬県南部に乾燥注意報を発令した。聞き込み班からははかばかしい報告が上がらず、防犯カメラ班も手こずっている。日が暮れ始めた頃、捜査線上に浮かんだ三人を洗った刑事たちが署に戻ってくる。

小河、大野原、宇佐と思しき男の三人について調べたのは、昨夜、張り込みでそれぞれを見た刑事たちである。まずは小河について、太田南署の刑事から報告がなされる。

「小河ですが、いまは市内の居酒屋〈鶏王（チッキング）〉太田店に正社員として勤めています。最初の不審火があった八日は午後六時から午前二時まで、九日は午後四時から午前二時までシフトに入っていました。昨日は休みです」

刑事はメモを繰る。

「小河が所有しているオイルライターですが、父親からの贈り物のようです。〈鶏王〉に就職が決まった時、一生の持ち物として父親に贈られたと話しているのを、遊び仲間の岩出（いわで）友幸（ともゆき）が聞いています。ただ小河は喫煙者ではないため、何に使うのかと笑っていたそうです」

葛が確認する。

「八日と九日に小河がシフトに入っていたことは、裏が取れているんだな」

「はい。間違いありません」

「なら、小河をこれ以上マークする必要はない。張り込みに戻ってくれ」

「わかりました」

次に、大野原について、葛の部下である佐藤が報告する。

「大野原孝行、七十一歳。宇都宮市に本店を置く家具販売店〈ヤスファニチャー〉の社員でしたが、六年前に定年を迎えています。定年後は昭和町に転居して、妻と二人暮らし。昼間は、〈メルカード吉井〉というスーパーマーケットの昭和店で、警備員として働いています」

「働いているのか」

「はい。車の誘導などが主な仕事で、職場の環境改善にも意欲的だという評判です」

葛はふと、自分がまだ新人の刑事だったころを思い出す。刑事課では、違和感は徹底的に調べ上げることを叩きこまれた。あの頃、一般企業を勤めあげた七十一歳の男が定年後に警備員として働いていたら、何か特別な事情があって金が必要なのか調べろと命じられただろう。いま葛は、別段、裏を取る必要は感じない。

佐藤は報告を続ける。

「十二日の夜に大野原が出歩いていたことは報告のとおりですが、それ以前の行動はわかっていません。大野原の車は、白のアルトです」

アルトは大衆的な軽自動車で、どこを走っていても、人の注意を引くほど不釣り合いということはない。

「ほかには」

「いまのところ、それだけです」

葛は頷いた。

「引き続きマークしてくれ。……次」

最後は村田が報告する。

「表札に宇佐と書かれた部屋に入っていった男、あれは宇佐ではないです。本名は高柳充」

「高柳充だと?」

　葛が思わず聞き返す。村田は頭をかいた。

「はい。傷害と恐喝の前科があります。今年で四十三歳で、ご存じとは思いますが、自分の女に手を出したと因縁をつけ、小銭を巻き上げるのがやつのパターンです。……班長、申し訳ありません。昨夜、顔を見てわかってもよかったんですが、ピンと来ませんでした。昼間見たら、すぐにわかりました」

「それより、高柳には放火未遂の前科もあったはずだ」

「はい。資料を見てみましたが、高柳は六年前、トラブルになった相手の自宅に放火を試みています。被害者が警察に相談したため警察官が警戒に当たっていて、未遂で逮捕しました」

　葛は腕を組み、体を椅子の背もたれに預ける。

「高柳か。……タイプが違う」

　村田は深く頷いた。

「私もそう思います。高柳は粗暴な小悪党ですからね。街のあちこちで小火を起こしてまわるというのは、らしくない」

「……報告を続けろ」

「はい」

　村田は手帖を見る。

「例の団地の二〇一号に住んでいるのは、宇佐みどり、三十二歳。既婚ですが、夫は新潟に単身赴任しているそうです。宇佐の家に高柳がしょっちゅう出入りしているのを、近所の住人が見ています」

「八日から十一日までは、どうだ。高柳は宇佐の家に入りびたっていたのか」

「調べていますが、いまのところはっきりしません。高柳の車はＢＭＷのクーペで、もしこれで不審火の現場をまわったとすれば、そうとう人目についたと思いますが……」

聞き込み班の捜査では、現場で不審な車両が目撃されたという証言は出ていない。

葛は少し考え、指示を出す。

「マークを続けろ」

村田は少し嫌な顔をしたが、反論はしなかった。

夜に入り、張り込みの刑事たちが市内各所に散っていく。

その日の夜は、前日にも増して風が強かった。風鳴りが冬の街を覆い、木々が揺れる葉擦れの音は高く、人々はコートの前を合わせて歩く。繁華街の賑わいも空元気めいて、街からは早々に人の姿が消える。

消防署は厳戒態勢を敷いている。刑事たちは風吹く街の誰にも見られない場所で、放火犯を待ち受ける。葛は会議室で部下の報告を待ちながら、考える。

うめき声のような風音が会議室に満ちる。夜が更ける。長い長い時間が過ぎて、東の空が白み始める。

その夜から、不審火は発生しなかった。

十三日土曜日、十四日日曜日と、二日連続で不審火は起きなかった。両日は冷え込みが厳しく、強い風も吹いていて、一般市民が出歩きたくなるような夜ではなかった。市内各所で張り込みをしていた刑事たちのほとんどは、二日のうちに人影一つ見ることはなかった。

八日月曜日から立て続けに発生していた不審火は、葛たち県警捜査第一課が派遣され捜査本部が設立された十二日金曜日以降、ふっつりと途絶えてしまった。

捜査本部では、犯人は平日に犯行を行うのではないか、という見方が出た。何らかの事情で週末は身動きが取れないのではないか、というのである。

「関係は不明ですが」

と前置きして、村田が注意を促す。

「宇佐みどりの夫の吾郎（ごろう）は、この週末、自宅に戻っていました。高柳は宇佐の家に行っていません」

一方で、高柳と大野原の自宅は監視下に置かれている。この週末、どちらも夜には外に出ていないことは間違いない。

葛は聞き込みや張り込みなどの捜査の継続を指示する一方、磯俣以外の通報者についても捜査を命じる。自室から出火を見たという下西美礼、可燃ゴミが燃えた痕跡を見つけた〈上毛クレンリネス〉の坂田章清などからも、詳しく供述が集められた。週末の夜に刑事たちが確認した数少ない通行人についても、疑う理由がないか精査が進められた。――だが、何も得るところはなかった。月曜の夜も張り込みが行われ、仕事帰りの勤め人が深夜に帰宅する様などが目撃されたが、放火を疑わせるような行動を取った者は皆無で、不審火のみならず通常の火災もいっさい発生しなかった。

捜査は次の事件を防ぐために行われるが、事件が起きなければ新しい情報が得られないのも事実である。放火が止まったことで、捜査の進捗もまた、ぴたりと止まった。

火曜の早朝、捜査指導官の小田が、葛を呼んだ。空き部屋がなく、二人は取調室で向かい合った。

小田が言った。

「行き詰っているようだな」

「成果が上がっていないことは、たしかです」

小田の口ぶりは淡々として、難詰の色はない。だが、話の内容までが穏やかではなかった。

「葛班が太田市で捜査を始めたのが金曜日、同じく金曜の夜から、連続放火がぴたりと止まった」

「……」

「張り込みの刑事が犯人に見られたとは考えられないか」

葛は間を置かず答える。

「可能性はあります」

「部下を庇う気はないということか」

「あくまで可能性のひとつとしてあり得なくもない、と考えているまでです。私個人としては、捜査本部の刑事たちが張り込みを見抜かれた上、彼らがそのことに気づかなかったとは考えていません」

「なら、なぜ放火が止まった？」

「ただの偶然かもしれません」

小田は少し考え、首を横に振る。

「もちろん、あり得る。だが弱い。その偶然をもたらしたものは何だ」

小田はふだん、葛の捜査方針を支持することが多い。葛に味方するというより、葛は放置した方が解決に近づくと考えている節がある。それが今回は、捜査員の不手際のおそれを追及している。おそらく、と葛は考える。小田ではなく、その上、新戸部捜査第一課長が葛班の失敗を疑っているのだろう。

そして、葛が察したということを、小田も察する。

「俺も上も、葛班の検挙率には一目置いている。だが、葛班はあまりにも、お前のワンマンチームじゃないかと疑ってもいる。お前の捜査手法は独特だ。どこまでもスタンダードに情報を集めながら、最後の一歩を一人で飛び越える。その手法はおそらく、学んで学び取れるものじゃない。お前も永遠に県警本部の班長ではいられん。下が力をつけてこなければ、県警の捜査力は落ちる」

「もっと部下を育てろと仰っているのでしょうか」

「そんなことは言わん。自分は自分で育てるものだ。ただ、俺は」

小田は「俺は」という言葉に力点を置いた。葛はそれを、「上は」という意味だと解する。

「お前の部下が、他の班の刑事ほど育っているのか、確信が持てずにいる。急に犯行が止まったのは捜査が露見したからではないというなら、ただの偶然よりもマシな見立てはないのか」

「もちろん、あります」

「聞こう」

「犯人は目的を達したのかもしれない。それなら、もう二度と放火は起きない」

「その目的とは？」

「不明です」

小田はかぶりを振る。

「それでは話にならん。わかっているだろうが、葛、警察の仕事は連続放火を止める事じゃない。放火犯を逮捕することだ。空気の乾燥した季節に、放火犯が野放しでは困る。事件が続こうが続くまいが、検挙まで捜査本部は解散しない。これは県警の方針だ。ただ、あまりに進展がないようなら、応援を出す。その際、葛班は本部に戻ってもらうことになるだろう」

それは葛班に対する叱咤であり、警告でもあった。葛は言う。

「適任者に必要な捜査を指示しています。現時点で、捜査の方針を変える必要はないと考えています」

小田は取調室の机の上で、指を組んだ。

「……よかろう。報告は密にしろ」

「わかりました」

ＮＨＫのローカルニュースで、太田市の連続放火について報じるという報せが入った。葛は、部下に会議室のテレビをつけるよう命じる。

事件捜査に直接役立つ情報がテレビなどの報道から流れてくることは、ほとんどない。報道の主なニュースソースは警察発表なのだから、当然ではある。だがそれでも、刑事らはテレビをつけ、新聞を読む。自分が携わっている事件が世間の注目を集めている様子を見ることが励みになるという面もないではないが、捜査から離れた情報、たとえば事件に対する行政の支援や対応、検察の意向、被害者の動きなどは報道で初めて知ることも多い。だがそれ以上に重要なのは、報道によって、捜査の進捗状況が犯人に伝わるという点である。どこまでが報じられた情報でどこからが犯人と警察しか知らない情報なのか、その境目をきめ細かく見極めるには、やはり刑事も報道に触れるしかない。

テレビでは、先週月曜日から太田市で連続している放火について、比較的詳細に報じられた。放火が起きたゴミ集積所を背景に、どこで何時ぐらいに、何件の放火があったのかが伝えられる。ただ、放火の対象が収集日の前日に出された可燃ゴミであることには、言及されなかった。おそらく、その情報は伏せられているのだろう――捜査に当たって、情報の一部をマスメディアに発表する一方、一部をわざと伏せておくことは、常套手段である。だが現場指揮官である葛のもとには、取材対応に当たる太田南警察署や県警本部がどの程度の情報をマスメディアに渡し、どの情報を伏せたのか、リアルタイムでは伝わってこない。これもまた、テレビで初めて知ることであった。

一連の事件の最初の通報者である磯俣が取材に応じ、月曜日の夜にどのように火災を発見し、消防に通報し、消火を試みたのかを語っていた。続いて、消防の幡野が映った。幡野は消防吏員の制服を着てヘルメットをかぶり、真剣な面持ちで、カメラに向けて言った。

「これからの季節は乾燥しますから、市民の皆さまにもいっそうお気を付けいただきたいです。火を見つけたら、ためらわず一一九番通報してください。そしてご自宅でもできる対策として、家のまわりに可燃物を置かないことが重要です。ゴミを出しっぱなしにしない、枯れ葉などもこまめに掃除するなど、燃えるものを家のまわりから遠ざけることで、放火への対策になりますし、万が一出火しても被害を抑えることが出来ます」

最後はスタジオで、キャスターが「はい。注意したいですね。早く犯人が逮捕されるといいですね」と話をまとめる。

会議室には数人の刑事が残っていて、彼らはテレビをちらちら気にしていたが、目下の事件への言及がそれだけだとわかると、三々五々それぞれの仕事に戻っていく。葛は菓子パンとカフェオレで昼食に代えつつ、いまのニュースを思い返していた。

その時、会議室に一人の刑事が飛び込んでくる。葛が、特に捜査を命じた宮下だ。その顔は珍しく上気していた。

「班長、出ました」

葛はデスクの上で指を組む。

「聞こう」

宮下は気を取り直した様子で頷く。

「指示通りに大野原をマークしていたところ、出ました」

「『週刊深層』か」

「そうです」

葛は宮下に、所轄の刑事らと協力して大野原、高柳、宇佐が出すゴミをチェックし、特に雑誌類には注意を払うように命じていた。宮下が続ける。

「大野原が資源回収に出した紙類の中に、『週刊深層』の十二月十五日号が含まれていました。着火に用いられたページと一致する、複数のページが破られています」

これで決まりだと言わんばかりの宮下とは対照的に、葛は冷ややかである。

「破られていたのは、現場から見つかったページだけか」

宮下は一瞬、苦いものを口に入れたような顔になった。

「……いえ。着火に用いられたのは一一九ページと一二九ページでしたが、大野原が資源回収に出した『週刊深層』は七五ページと七七ページ、それに一二五ページも破られていました」

葛はしばし無言だった。とうとう、証拠品が出た。今回の事件で初めて得られた、犯人に繋がり得る証拠品である。――だが、大野原を逮捕する根拠とまで言えるだろうか。

現場から見つかった雑誌の切れ端からは、指紋などは検出されていない。犯行と雑誌とを結びつけるのは、いまのところ、破り取られているのが同じページという事実だけだ。しかも犯行に用いられていないページまで破られているのでは、逮捕状を請求しても却下されるおそれが充分にある。

「弱い」

葛はそう呟いた。

「週刊深層」の発見は捜査本部を活気づかせたが、同時に、刑事たちに隔靴掻痒（かっかそうよう）の感を抱かせもした。

証拠が出た以上は大野原が犯人と見て間違いない、という見解は、捜査本部全体で共有された。だが同時に、逮捕はまだ不可能であることも、全員がわかっていた。

このまま大野原のマークを続け、大野原が火をつけた現場を押さえて現行犯で逮捕するのが、捜査としては最上である。だが、既に四日間犯行が行われていない以上、大野原が再び犯行を行う保証はどこにもない。この四日間、大野原が犯行を行えなかった特段の理由――車の故障や本人の体調不良など――は、見つかっていない。

任意同行を求めて取調室で追及すれば、あるいは、大野原は犯行を自白するかもしれない。だが、しないかもしれない。材料が乏しい段階で任意同行を求めて逃げ切られれば、大野原は永遠に犯行を再開しないだろう。そうなってしまっては打つ手がなく、ほぼ犯人がわかっていながら、事件は未解決に終わることになる。

新たな証拠や証言を求めて刑事たちは聞き込みを続けたが、これまで同様、手ごたえはなかった。防犯カメラの精査は進んでいるが、そもそも犯行現場であるゴミの集積所を映したカメラは一台もなく、決め手となる映像が得られる見込みは薄い。それでも同じ捜査を続けるのか、あるいは勝負に出て大野原に任意同行を求めるのか、捜査本部は方針の選択を迫られた。

葛は、捜査本部全体の見解ほどには、大野原の犯行が確実になったとは思っていなかった。捜査ではあらゆることが起きる。都合のいい偶然も都合の悪い偶然も降りかかってくる。大野原がたまたま「週刊深層」を購入し、たまたま放火に用いられたページを破り取った可能性も、皆無ではない。それゆえ葛は高柳へのマークを解かず、夜ごとの張り込みも続けさせた。だがその葛も、大野原が本命であることを否定しているわけではなかった。

もし大野原が犯人であれば、と葛は考える。彼はもう、犯行に及ばないだろう。

小田に対しては部下が張り込みに気づかれた可能性を認めたが、そのとき話したように、葛は実際に部下が捜査を看破されたとは考えていない。大野原は自発的に放火を取りやめたと考えられる。

なぜか。やはり大野原は、目的を達成したのではないか。

さしたる収穫もなく日が暮れていく。食事を終え、刑事たちが市内各所に散っていく。今夜も赤城おろしが吹き下ろし、外は寒く、乾ききっている。

張り込み班からの連絡を待って、葛は待機する。静かな時間だ。会議室には葛と、いざという時の案内役兼運転手として残された太田南署の刑事、二人だけである。

葛は事件を俯瞰する。追及すれば、大野原は、十中八九自白する。だが葛は、「十中八九」で賭けに出るべきだとは考えない。捜査はしょせん人の行いであり、完璧はあり得ない。どこかに運命的なほころびが紛れ込むことは避けがたい。だが、髪の毛一本ほどの差でも完璧に近づけるならば、そうしなくてはならないのだ。

おそらく、と葛は思う。動機が鍵だ。

ふだん捜査に際して、葛は動機を重視しない。動機とは、ひっくるめて言ってしまえば「欲望」に尽きる。ふつう人間の欲望はありきたりで、そのほとんどが金銭欲と性欲と憂さ晴らしに集約される。だが、その三つでは説明のつかない欲望というのも確かに存在していて、それらは人智を尽くしても予測することができない。予測できないものを頼りに捜査をすれば迷路に迷い込む。だから葛はふだん、動機を重んじない。

だが今回の事件は別だ。大野原は前科もなく、職業的な犯罪者ではない。社会性にも特異な点は見受けられない。大野原が犯人であるならばその動機は筋道立ったものである公算が大きく、動機を突かれてなお大野原が頑強に抵抗するとは考えにくい。

では、大野原の目的とは何だったのか。繰り返された放火は何の為であったのか。

単に、火が燃えるのを見ると気分が晴れるからなのだろうか。消防車が集まってくるのが面白かったのだろうか。それとも、そうしたありきたりな動機とは違う、大野原だけの理由があったのだろうか。

――一連の放火事件で、葛にはどこか引っかかっていることがあった。数多くの証言と証拠品の中で、何かが葛の注意を惹いていた。それは何だったのか。

沈黙する無線機を前に、葛は資料を再検討する。

燃えたゴミ袋の写真、着火に用いられた紙類の写真、火災調査係の幡野の名刺、市内の可燃ゴミの収集日表、最初の通報者である磯俣の供述調書、調査資料引受書の写し、小河峰雄に関する報告書、〈上毛クレンリネス〉の関係者からの供述調書、発見された「週刊深層」の写真、その他さまざまな書類、書類、写真、写真……。

葛は、ふと呟く。

「なぜゴミなのか」

少し間を置いて、言い直す。

「なぜ可燃ゴミなのか」

火災調査係の幡野は、収集日の前日に出された可燃ゴミばかりが狙われることをもって、ゴミ出しのマナーに不満がある地元の人間が犯人ではないかと示唆していた。その一方で彼は、火をつけられた生ゴミは水分を大量に含むため燃えにくいものだとも言っていた。

つまり火がつけられたのは、比較的燃えにくいゴミだった。

そう気づいた時、葛の目は一枚の写真に吸い寄せられた。磯俣が撮った、火災現場の写真だ。ビニール製のゴミ袋が勢いよく燃え上がっている様が写っている。そして葛は、たしかに一度は見たはずながら、見落としていたものが何であったかを知った。燃えている可燃ゴミの隣に写り込んだ、新聞紙を入れた紙袋と、ビニール紐で縛られた段ボール箱が、葛の意識に引っかかっていたものだった。

「すぐ隣に紙束があるのに、なぜそっちにつけなかった。紙の方が燃えやすかったはずだ」どうしても可燃ゴミでなければならなかった理由があるのだろうか。それとも。

葛は呟く。

「紙ではまずかったのか」

そして、言い直す。

「よく燃えては、まずかったのか」

葛は事件の報告書を開く。

もし大野原が、目的を果たしたために放火をやめたのであれば、その目的達成はいつのことだっただろうか。

それまで続いていた放火が先週金曜の晩以降ぴたりと止まったのだから、大野原が目的を達したのは金曜日より前だ、と葛は考えていた。しかしその場合、金曜の夜に張り込みの刑事が大野原を目撃したことが若干引っかかる。金曜の夜は今夜のように風が強く、底冷えした。街の人通りも、ほとんどなかったという。そんな中、大野原は特に何をするでもなく、ゴミ集積所をじっと見て、立ち去った。いま思えば、やはり大野原は、あの夜も放火を考えていたのではないか。

こう考えると、二つのことがわかってくる。

まず、大野原が放火の目的を達したのだとすれば、それは金曜ではなく土曜日以降であるということ。そしてもう一つ、大野原は金曜日も放火を予定していたが、何らかの理由でそれをためらったのだということだ。

葛は報告書のうち、夜間の気象について記した部分を注視する。

月曜日　曇り時々雨　微風
火曜日　曇り　無風
水曜日　曇り　微風
木曜日　曇り時々雨　無風
金曜日　晴れ　強風
土曜日　晴れ　強風
日曜日　晴れ　強風
月曜日　晴れ　強風

報告書を見るまでもないことだった。放火が小火で済んだ理由について、葛は幡野から、こう聞かされていた。

——月曜から天気がすっきりせず、大雨こそ降らないものの、空気がずっと湿っていた。この季節には珍しく、風も弱かった。そうした天候が幸いしたと言える——。

逆なのだ。空気が湿っていて風が弱かったから、火をつけた。強風が吹き荒れた金曜日の夜には、だから、放火を控えた。

「犯人は」

蛍光灯に照らされた会議室で、葛は呟く。

「火が強くなることを恐れている」

天気の悪い夜に、水分を多く含んだ生ゴミを狙って火をつけていた理由は、それだ。

もちろん、生ゴミを含んだ可燃ゴミであれば大きく燃え上がらないという保証は、なにもない。ゴミ袋の中身次第では、かえってよく燃えることもあっただろう。単に、犯人の一方的なエクスキューズに過ぎない。だが犯人像は見えた。

犯人は、火災を恐れている。

そしておそらく、それこそが動機だ。

葛が腕時計を見ると、時刻は午後八時四十分だった。所轄の刑事に向けて言う。

「大野原が勤めているスーパーの、閉店時間はわかるか」

刑事は出し抜けの質問に狼狽しつつ、答える。

「午後九時のはずです」

「よし。車を出してくれ。無線は車内で取る」

言いつつ葛は席を立ち、ジャケットに袖を通す。

〈メルカード吉井〉は太田市に四店舗を構えるスーパーマーケットである。昭和店は地域の生活必需品を一手に担う大型店舗で、四十台分の広大な駐車場を備えている。

　葛が乗った警察車両が〈メルカード吉井〉昭和店に着いた時、時刻は午後十時をまわっていた。店は既に閉店していたが、店内には明かりがついている。閉店作業のため、店員が残っているのだ。

　葛は車の中から、まず、店舗を一瞥した。入口の自動ドアにはロールカーテンが下ろされ、営業が終わったことを表している。警備員らしき男が三角コーンを回収しているのが見え、葛は警戒しつつ男の様子を窺ったが、男はまだ三十代ほどだった。大野原ではない。店の前面に大きく張り紙が出ており、「リサイクルボックスは店内に移動しました」と書かれているのが見えた。

　警備員が葛の車に気づき、近づいてくる。運転席の刑事がウインドウを下ろすと、警備員は申し訳なさを顔全体に浮かべた。

「すみません。もう閉店なんです」

　刑事はちらりと葛を見る。葛が言う。

「警察です」

　警備員の態度に緊張が走る。

「はあ、ええと」

「店長はいますか」

「あ、はい」

自分に用がある訳でないとわかり、警備員は露骨にほっとした顔をする。

「ええ。まだ残ってるはずです」

「じゃあ、すみませんが入口を開けてください」

数分後、葛と太田南署の刑事は、事務室で店長と会っていた。フロアスペースを最大限に確保しようとしたのか、小さな机と小さな椅子を押し込んだような、ひどく狭い部屋である。店長と名乗った男もまた、年齢は三十代半ばほどに見えた。差し出された名刺には、日比谷洋祐と名が書かれている。

訝る日比谷に、葛は端的に訊く。

「お引き留めして申し訳ない。お尋ねしたいことがあります」

「なんでしょうか。万引きの事なら……」

「いえ、そうではありません。ここ一週間ほどで、何か変えたことはなかったですか」

「変えた……と言われましても。店のことで、ですよね」

日比谷は首をひねる。

「まあ、こういう商売ですから商品陳列のレイアウトは日々変えています。もしおっしゃっているのが、新しく誰かを雇ったり、誰かが辞めたりということでしたら、そういうことはありませんでした」

葛は重ねて訊く。

「表に、リサイクルボックスは店内に移したという張り紙がありましたね。あれはどうでしょう」

「……ああ」

日比谷は苦い顔をした。

「やはり、問題ですかね。市役所には確認したんですが」

「詳しく話してください」

壁にかかった時計をちらりと見て小さく溜め息をつき、日比谷は話し始めた。

「ご存じかとは思いますが、リサイクルボックスは牛乳パックや食品トレイを回収するためのもので、うちのようなスーパーに置くことになっています。うちは店の外に置いていたんですが、先ごろ、店内に移しました。本当はね、外に出したままにしておきたかったんです。ボックスに溜まったリサイクル品の回収が楽というのもありますが、なにより、店の外に出しておけばお客さんが二十四時間捨てに来られますからね。ただ、このごろ物騒なんで」

「物騒というのは」

葛が畳みかける。

「どういう意味ですか」

「いやほら……。警察の方に言うのもあれなんですが」

日比谷は口ごもるが、葛は沈黙で先を促す。狭い事務室に視線をさ迷わせつつ、日比谷は言った。

「あれですよ、放火です。放火が頻発しているのに、可燃物を店の外に出しっぱなしにしておくのはいかがなものかという意見が出まして、ボックスは閉店時に店の中に入れることになりました。どうしても匂いがありますから、屋内駐車場に引き込むだけですがね。回収ボックスだけならまあ大した苦労じゃないんですが、スーパーはとにかく段ボール箱をよく使う商売でして。潰した段ボール箱も鍵のかかる場所に移せっていうんで、閉店作業が一気にきつくなりましたよ」

「連続放火が原因で、店の外には極力可燃物を置かない方針に転換した。こう解釈してよろしいですか」

何が問題になっているのかわからない様子で、日比谷はあいまいに頷く。

「ええ、まあ、そういうことです」

「では日比谷さん、もう一つだけ教えて頂きたい」

葛はおもむろに問う。

「可燃物を店の外に出しっぱなしにしておくのはいかがなものかという意見が出た、とおっしゃった。つまり、店長であるあなたが発案されたことではない。……では、誰です。誰が、可燃物を店の外に置くなと言ったのか。それをお聞きしたい」

話の矛先が自分から逸れたと感じたのか、日比谷は安堵を滲ませる。

「ああ、警備をお願いしている、大野原さんという方です。むかし自分の職場で火事があったとかで、ずっと、店のまわりに燃えるものを置かない方がいいと言っていましてね。もっともではあるんですが、まあ毎日忙しいものですから、なんとなく先延ばしにしていたんです。それが、この放火騒ぎでしょう。犯人はいまのところゴミ置き場を狙っているが、いつリサイクルボックスに火種を投げ込まれるかわかったもんじゃない、万が一何も手を打たずに火を出したら地域の信用丸つぶれだと大野原さんに言われて、確かにそうだと思いましたから、可燃物は店の中に入れることにしたんです」

「それは、いつからですか」

「ええと……先週の土曜日からですね」

葛は頷き、立ち上がる。

「帰り際にお引き留めして、失礼しました。気をつけてお帰り下さい」

翌十二月十七日水曜日、捜査本部は大野原孝行に任意同行を求めた。

大野原は事件への関与を強く否定したが、放火に用いられたページが破り取られた「週刊深層」を突きつけられると黙り込み、動機を示唆されると犯行を認めた。

大野原は涙を流して言った。

「私はね、火をね、火事をね、二度とね、出さないためにね……本当に、本当に仕方なく、怖いけれど、怖かったけれど、火事を防ぐためにやったんです」

そうした供述が、逮捕状請求書に記載されることはなかった。大野原は建造物等以外放火の疑いで逮捕された。

〈メルカード吉井〉昭和店には、営業時間外に資源ゴミが出せないのは不便であるという苦情が複数寄せられた。事件解決から四日後、リサイクルボックスは元通り店外に置かれるようになったと、後に太田南署の刑事が葛に話した。

本物か

三月七日昼、JR高崎駅前で発生した傷害事件は、防犯カメラの映像分析によって被疑者の特定に至った。殺人未遂容疑で小峰徹次（三九）の逮捕状が請求され、埼玉県本庄市にある小峰の住居に向け、群馬県警捜査第一課の葛班が逮捕に赴いた。

小峰は元暴力団員で、拳銃所持の前科がある。捜査を指揮する小田指導官は、県警の着装基準に基き、葛班に拳銃の携帯と防弾装備の着用を命じた。葛は現場に到着すると周辺の状況を観察し、刑事を配置した。

小峰の住居は六畳一間のアパートで、二〇二号室が小峰の部屋だった。既に前夜から高崎署の刑事が張り込んでおり、小峰の在室を確認していた。張り込みの刑事はもう一つ、二〇二号室にいるのは小峰だけではないとも報告した。小峰の愛人である長菅麻奈美（三七）が昨晩から二〇二号室に入ったきり、出てこないという。長菅は群馬県伊勢崎市で一人暮らしをしており、同市内のバーに勤めているため、遠からず帰宅する可能性が大きい。捜査本部は葛班に、長菅が部屋を出るまで待機するよう命じた。

午後一時二分、長菅が二〇二号室を出た。葛班が動き出す。特に体力に優れた刑事がドアをノックすると、小峰は応答せずベランダへと走ったが、あらかじめ葛が配置していた刑事に制圧された。二時三十一分、殺人未遂容疑で通常逮捕。受傷した刑事はいない。捜査本部の置かれた高崎署への護送は所轄の刑事に任せ、葛班は群馬県警本部への帰途につく。

今回、葛班は人員輸送車で移動していた。車内には防弾チョッキを身につけた刑事が詰め込まれ、その表情には幾分かの疲労と、被疑者逮捕の安堵と満足が浮かんでいる。

刑事にとって、仕事はここから始まるとさえ言える。公判を支えるための裏付け捜査を進め、その捜査内容を、誰の目にも明らかな形で書類にしなければならない。高崎駅での事件は白昼堂々包丁を振りまわすという凶悪なものだっただけに目撃者も多く、全員の証言を調書に取るには気が遠くなるような手間がかかる。それでもひとまず、事件は終わったのだ。

そして、次の事件が起きる。


運転席には、大型を含めて警察車両の運転を許されている宮下が座り、葛は助手席に座っている。時刻は三時を過ぎ、車は伊勢崎市の郊外に差しかかる。車内には警察無線の音声が流れている。

『群馬本部より前橋』

『前橋どうぞ』

『一一〇番です。場所にあっては前橋市住吉町四丁目七番地一号の民家にて、人の言い合う声がするとの通報です。物が壊れる音もしている模様。最寄りの交番員など派遣をお願いします。通報者は横井(よこい)なつめ、現地にて待つよう伝えています。一一〇番整理番号十二番、三時六分、担当川野どうぞ』

『前橋了解どうぞ』

『群馬本部了解。続いて一一〇番。群馬本部より伊勢崎』

『伊勢崎ですどうぞ』

『一一〇番入電です。場所にあっては伊勢崎市南町十番地二号、国道４６２号線沿い、〈メイルシュトロム伊勢崎店〉までお願いします。これファミリーレストランです。客、店員が避難し、路上に集まっている模様ですが詳細不明です。交番員等の派遣お願いします。一一〇番整理番号十三番、三時七分、担当川野どうぞ』

『伊勢崎了解』

人員輸送車が赤信号で止まる。平日の昼下がり、交通量は多くない。宮下が葛に気づかれないようあくびをかみ殺す。葛はもちろん気づいている。

葛は不意に、眉間にしわを寄せた。無線機の声が緊張したからだ。

『群馬本部より各局。伊勢崎市南町十番地、国道４６２号線沿いのファミリーレストラン〈メイルシュトロム伊勢崎店〉。同所において、男が立てこもっているとの一一〇番通報が多数入電している。なお人相、着衣にあっては、三十代ぐらいの男性、焦茶色のトレーナーを着用とのこと。近隣の各移動は現場に向かわれたし。以上群馬本部』

『伊勢崎２より群馬本部』

『群馬本部、伊勢崎２どうぞ』

『伊勢崎２にあっては現在国道４６２号線を北進中。現場に転進する。どうぞ』

『群馬本部了解。以上群馬本部』

葛は宮下を見ないまま、尋ねる。

「この先だな」

わかりきったことを葛が確認することは珍しい。宮下は短く答える。

「そうです」

葛は、どこか緩慢にマイクスピーカーを手にする。ふだん乗らない車だけに、無線機に記されたコールナンバーをちらりと確認する。

「群馬41から群馬本部」

『群馬本部、群馬41どうぞ』

「群馬41にあっては本部捜査第一課強行犯係が搭乗中、なお現在伊勢崎市において国道４６２号線を北進中。現場に急行する。どうぞ」

『群馬本部了解。以上群馬本部』

ちらりと宮下が葛を見る。後部座席の刑事たちは神経の張る現場を終えたばかりで、一息つけると思っているはずだ。無線に応答しなければいいものをと宮下は思うが、同時に、重大事件が発生している横をすり抜けて帰るわけにはいかないことも重々わかっている。つまるところ間が悪いのだ、と諦める。

葛が命じる。

「緊急走行」

「了解」

捜査第一課の精鋭を乗せた人員輸送車の回転灯が灯り、サイレンが鳴り響く。宮下は、後部座席の刑事たちがどんな顔をしているか想像する。

少し、うんざりした顔をするだろう。そして直後に、仕事に臨む顔に戻るだろう。それは宮下自身も同じだった。


〈メイルシュトロム〉は栃木県に本社を持つファミリーレストランチェーンで、関東地方の道路沿いを中心に出店している。和洋中の人気メニューを一通り揃えており、価格帯は高くもなく、安くもない。群馬県内の店ならば焼きまんじゅうやおっきりこみを出すなど地域色を取り入れていることが特徴で、デザート類も充実しており、堅実な商売を続けている。

葛班が搭乗する人員輸送車は、無線を受けてから四分で現場に到着した。〈メイルシュトロム伊勢崎店〉を一瞥し、葛は眉を寄せる。店は二階建てで、一階は外壁のない駐車場になっている。店内に入るには、見たところ、二階へ続く外階段を上るしかない。両隣はそれぞれホームセンターとアパートで、建物はどちらも〈メイルシュトロム伊勢崎店〉とは大きく離れていた。アパートの窓には住人の顔が鈴なりになって、不安げに現場を見つめている。

店はガラス張りだが、全面にブラインドが下りていた。現場には既に伊勢崎南署のパトカーが数台先着していて、制服警察官が店を遠巻きにしている。葛班の刑事たちは既に輸送車を降り、指示を待っている。

葛のスマートフォンに着信があった。新戸部捜査第一課長からだ。新戸部の声には怒りが滲んでいた。

『出しゃばったな、葛』

葛は平然と答える。

「指令室の指示に従いました。無視は出来ません」

『立てこもり事件だ。特殊係を出す。お前は手を出すな。情報の収集と報告の任に就き、特殊係を支援しろ』

「わかりました。情報収集に当たり、特殊係の到着を待って引き継ぎます」

通話は切れた。

葛は手近な制服警察官をつかまえ、所轄の指揮官を訊く。伊勢崎南署地域課長の伊村警部が到着していた。

伊村は恰幅のいい五十過ぎの男で、人当たりが悪い。葛が到着の報告をする。

「県警捜査第一課、葛です。一課長の指示で、特殊係の到着まで現場を維持します」

伊村はあまりいい顔をしなかったが、葛を邪険にすることもなかった。

「わかった。さっき、犯人が顔を出した。うちの山里が写真を撮ったから、見ておいてくれ」

「わかりました」

「いまはブラインドが下りていて見えねえが、犯人はまだ中にいる。目撃者もたんまりいるぞ。

俺たちは規制線を張る。情報は共有していこうや」

「はい」

　葛は部下の一人を選ぶ。

「〈メイルシュトロム〉の本社に連絡し、伊勢崎店に店内防犯カメラがあるか、あった場合は遠隔でデータを見られるか確認しろ。それから、見取図をデータで送ってもらえ」

　別の一人にも命令を下す。

「中に気づかれないよう一階を探れ。停めてある車のナンバープレートを控えて、照会をかけろ。あの外階段以外に二階に上がる方法がないか、探れ」

　そして残りの刑事に命じる。

「ほかの連中は聴取に当たれ。避難者の名前を聞き取り、リストを作れ。中で何があったか聞いて、有望な情報を持っている者は俺のところに連れて来い」

　刑事たちは指示に従い、動き始める。

　制服警察官が伊村に近づく。制帽からのぞく髪が白い、初老の男だ。

「警部。ちょっといいですか」

　伊村は、定年間際と思しき制服警察官に敬意を払った。

「もちろん、どうぞ」

「山里が撮った写真を見たんですがね。あれ、志多（しだ）直人（なおと）に似てると思いまして」

「志多？」

伊村は眉根を寄せた。

「暴れん坊の志多ですか。あいつがやんちゃしてたのは十代の頃でしょう。ざっと十五年は前のことだ」

「ええ。結婚して落ち着いたと思っていたんですが。年相応に見てくれも変わっていますが、よく似てます」

「いいでしょう。生活安全課にも写真を送らせます。昔、面倒を見たのがいるかもしれない。志多の連絡先はわかりますか」

「地域課に問い合わせています。あるとしても、古い連絡先ですが」

「わかりました。引き続き警戒願います」

初老の警察官が持ち場に戻っていく。

突然、〈メイルシュトロム〉を包囲する警察官たちがどよめいた。ブラインドを手でずらして、立てこもり犯が顔を見せたからだ。

葛の目が立てこもり犯を捕らえる。短い髪を栗色に染めていて、ダークブラウンのタートルネックを着ている。見えるのは顔だけなので身長や体格はわからないが、頬はふくよかでも、こけてもいない。その顔は凶相から程遠く、浮かんでいるのは困惑と絶望のように、葛には見えた。

警察官たちが声を上げたのは、立てこもり犯が姿を見せたことだけが理由ではなかった。その手に、黒い、拳銃状のものが握られていたからだ。伊村が呟く。

「……本物か？」

立てこもり犯は、ガラス壁越しに絶叫した。

「下がれ！　近づくな！」

それは、事件発生以来初めて出された、犯人からの要求だった。

伊勢崎市の立てこもり犯は、拳銃を所持しているおそれがある――その情報は、たちまちにして県警全体に伝わった。ただちに刑事部長から指示が下り、銃器対策部隊に出動が命じられる。

立てこもり犯が姿を現していたのは、わずか数秒間だった。無線がかまびすしく行き交う中、一人の刑事が葛の前に女性を連れてくる。

立てこもり事件の場合、現場付近の店などを借りて現地本部を設営することがあるが、今回はそれも特殊係の役目である。葛は車載無線機の近くで、からっ風に吹かれながら指揮を執っている。そこに刑事が連れてきた女性は、白いシャツにベージュのベストを着て、黒いパンツをはいていた。〈メイルシュトロム〉の制服と思しい。顔はうつむき、その唇は恐怖に耐えるように引き結ばれている。刑事が言った。

「〈メイルシュトロム〉のホールスタッフで、代崎恵さんです。事件発生当時、給仕業務に当たっていました」

刑事は、代崎がどんな情報を持っているかを話さない。葛はただ頷いた。

「代崎さん、ご無事で何よりです。事件について幾つかお伺いします。まず、こちらの刑事にもお話しになったかと思いますが、年齢と、住所をお聞かせ願いたい」

代崎は小さく頷き、答えた。年齢は二十六歳、住所は伊勢崎市内だった。

「では、事件発生当時のことを思い出せる限り話してください」

「あの、わたし、あんまりよくわかっていなくて……」

「どんな小さなことでも構いません」

小刻みに震えるこぶしを握りしめ、代崎が話し始める。

「ホールスタッフなので、注文を取ったり、お料理を運んだりしています。ふつうに仕事していたんですが、キッチンの方からいきなり『逃げろ』って叫び声が聞こえてきて、すぐに非常ベルが鳴って、驚いて料理をこぼしてしまいました。てっきり火事だと思って、店長を探したんですけど、見つかりませんでした。それで、落ち着いて避難してくださいって声を出しましたが、本当に情けないぐらい小さい声しか出なくて……。キッチンからも人が逃げてきたので、わたしも逃げました。それだけです」

「何か普段と違った人や物を見たり、音を聞いたりしませんでしたか」

「普段と違ったことですか?」

代崎は首を横に振る。

「わかりません。普段どおりでした。一人のお客様はいましたけど、別にあやしいわけじゃなかったです」

「どんな人ですか」

「お爺さんです」

避難に際して、代崎は事件が発生したとは考えていなかった。不審者に心当たりがないのも無理はない。葛は質問の方針を変える。

「店内にいた店員の数と名前はわかりますか」

「わかると思います。ちょっと待ってください」

代崎は考え込む。

「ホールがわたしと、倉本(くらもと)さん。キッチンが安田(やすだ)さんと王(ワン)さんです」

「店員は四名。間違いないですか」

「はい。店長は別ですけど。青戸(あおと)店長です」

「聞こえてきた『逃げろ』という声ですが、誰の声だったかわかりますか」

返答までには間があった。

「男の人の声でしたし、キッチンから聞こえてきたので、安田さんだと思っていました。違うんですか?」

「いま調べています。客の数は、何人ぐらいでしたか」

「いきなり言われても……」

困惑しつつも、代崎は指を折り始める。

「テーブルが一つ、二つ……。このお店、百五十席なんですけど、ピークタイムは過ぎているのでお客さんは少なかったです。半分も埋まっていなくて、三分の一、もっと少なかったかな……三十人か四十人ぐらいだったと思います」

「ありがとうございます。仕事仲間は全員避難していますか」

代崎は自信ありげに頷いた。

「はい。全員います。倉本さんと、安田さんと、王さん」

葛は少し待って、訊く。

「青戸店長はいかがですか」

目を見開き、代崎は口を手で押さえた。

「えっ、店長も含めての話ですか。店長は、そうですね、わたしは見てないです。たぶん避難していると思いますけど」

葛は、代崎を連れてきた刑事に命じる。

「青戸店長の所在を確認しろ。もし見当たらないようなら、〈メイルシュトロム〉本社に連絡し、店長の情報を取れ」

刑事は頷き、ただちに身を翻す。


ローカルテレビの中継車が到着し、規制線のすぐ外でレポートを始める。野次馬が集まりだしている。

立てこもり犯の画像を確認した伊勢崎南署生活安全課の蓮井(はすい)巡査部長から、伊村に電話が入った。伊村は会話の内容を葛と共有する。

「生安も志多だろうと言ってる。志多直人、三十四歳、傷害で前科一犯。交通違反多数。ただ、傷害は十五年前だ。自宅の電話番号が記録に残っていて、いま、うちで掛けさせている」

「傷害の様態はわかりますか」

「因縁をつけたとか、つけられたとか。相手の腕の骨を折って、執行猶予付きの有罪をもらった。碌なやつじゃなかったが、ま、小物だ」

〈メイルシュトロム〉本社と連絡を取っていた刑事が、葛にタブレットを見せる。

「店内に防犯カメラはありますが、遠隔では操作できません。オンラインで取得しているのはPOSデータだけだそうです。見取図と店内写真も届きました」

葛は見取図を一瞥した。ホールのテーブル数は三十二で、出入口は正面入口のほか、食品搬入口がある。ホールのほかにはキッチンと事務室、機械室、客用トイレと従業員用トイレ、物置、風除室があった。非常ベルのボタンは全ての部屋にある。

刑事が図面の数ヶ所を指さしていく。

「防犯カメラはここと、ここ……あと、ここです」

ホールに二台のカメラが設置されているほか、一台のカメラが出入口を撮っている。葛は、この出入口のカメラが難物だと考える。中の様子を探るため刑事が近づけば、まともに映ってしまう。

店内写真には、無人のホールに何台ものテーブルと椅子が並ぶ様が映っている。テーブルとテーブルの間は適宜パーテーションで区切られている。

葛はタブレットを刑事に返し、命令する。

「防犯カメラの位置を書き込んだ状態で、データを本部と共有しろ。それから現場用に百枚プリントアウト」

「はい」

刑事はタブレットを操作し始める。〈メイルシュトロム〉に動きはない。

葛は、志多は何のために立てこもっているのかと訝る。いまのところ志多は、「下がれ」という要求しかしていない。

刑事の一人が、エプロン姿の男を連れてくる。葛が名前と年齢を問うと、安田明治（あきはる）、四十一歳と答えた。

「キッチンを担当しています。勤続十年になります」

安田は訊かれる前にそう話す。葛は頷き、

「中であったことを話して下さい」

と尋ねる。安田は困惑した様子だった。

「実は、よくわからないんです。何か物音がしたと思ったら、非常ベルが鳴って『逃げろ』という声がして、ホールの方で客が逃げ出したものですから、私も逃げようとしました。本当にそれだけです」

「逃げようとした、ですか」

「何があったかはわからなかったんですが、火は消さないわけにいかないので、その作業をしていました。店を出たのは、たぶん私が最後です」

葛は手元の手帖を繰った。現場の状況はすべて頭に入っており、手帖には何も書き留めていない。単に、ポーズだ。

「何か物音がして、非常ベルが鳴って、『逃げろ』という声がした。間違いありませんか」

「ええ、絶対に」

「その順序だったんですね」

途端に、安田の目が泳ぐ。

「ああ、いや、順序ですか。どうだったかな。順序の話だと思っていなかったので、すみません。ええと、声の方が先だったと思います。物音がして、『逃げろ』と声が上がって、ベルが鳴った。そうでした」

葛は手帖を見たまま、頷く。

「それで、物音と声はどこから聞こえましたか」

「どちらも事務室からでした。これは間違いありません」

そう言ってから、安田は少し表情を曇らせる。

「ああ、でも、正確に言った方がいいですよね。どちらも事務室の方から聞こえました」

葛は見取図を思い出す。事務室にはドアが二つあり、一方はキッチンに通じていて、もう一方は短い通路に面している。

「物音と声は事務室ではなく、事務室を挟んだ通路で発せられたとお思いですか」

安田は慎重に答える。

「いえ、どちらもそんなに遠くから聞こえた感じではなかったです」

「声の主はわかりますか」

「はい。青戸店長でした」

葛は手帖から目を離し、じっと安田を見る。

「見たんですか」

「見てはいませんが、店長の声でした。それに今日のシフトで、男は私と店長だけですから」

葛はわずかに間を置くが、安田は自信ありげで前言を翻さない。白紙のページを繰って、葛はさらに訊く。

「『逃げろ』という声の前に聞いた物音について、もう少し詳しく教えてください」

安田は首を傾げる。

「さあ、大きな物音というわけで……そうそう、テーブルから物が落ちるような音がしました。『がちゃん』という」

「皿を割った時のような？」

「仕事柄皿は割るけど、そうじゃない。もっと……なんだろうな。とにかく物音ですよ。『どんがらがっしゃん』って感じの。部屋中をひっくり返すような感じでした」

言いながら、安田は両腕を大きく広げた。

「なるほど。では、物音がしてから『逃げろ』という声が聞こえてくるまでの間隔はどれぐらいでしたか」

「疑っているんですか？　たしかに、物音はしましたよ。キッチンには王もいたから、そっちに確認してもらえばいいです」

葛は同じ質問を繰り返す。

「いえ。物音がしてから『逃げろ』という声が聞こえてくるまで、どれぐらいの時間があったかをお尋ねしています」

「ああ、なんだ。そういうことですか。そう言ってくださいよ」

安田は宙を仰ぐ。

「……申し訳ないですが、ちょっとわかりませんね。仕事をしていましたから、時間の感覚が曖昧です。ただ、割とすぐだったと思いますよ。三十秒ぐらい……長くても一、二分ぐらいだったんじゃないかな」

葛は頷き、まだ帰宅しないよう安田に要請する。

〈メイルシュトロム〉の周辺には、店内から逃げ出した人々が暗い顔で店を見上げている。中には帰宅を望む者もいたが、聴取が終わるまでは留まってもらう必要がある。規制線の内側は、ずっとざわめいている。

刑事が報告に来る。

「班長。店内から逃げ出したのは、客が三十一人、店員が四人です。怪我を申し出た者はいません。複数人で来ていた客には互いを確認させましたが、全員揃っているとの回答を得ました」

代崎の言によれば、店にいた店員は五人だった。葛が訊く。

「いないのは誰だ」

「青戸勲。店長です。店員全員に確認しましたが、店長が店を出るのを見た者はいません」

折よく、青戸の情報を集めさせていた刑事も報告に来る。

「青戸勲、四十六歳。伊勢崎市南町在住。顔写真があります」

タブレットに表示された青戸の顔は、活力と自信に満ちた笑顔をしている。浅黒く日焼けし、首が太い。葛は人員輸送車の助手席からマイクを引っ張った。

「群馬41から群馬本部」

『群馬本部、群馬41どうぞ』

「伊勢崎市〈メイルシュトロム〉の件、店内から避難した人員は客が三十一名、店員が四名。店長の青戸勲、四十六歳男性が行方不明。店内に留まっている公算が大である。どうぞ」

返信は少し遅れた。

『群馬41、それは青戸勲が人質になっているということか。どうぞ』

「その点は判然とせず、どうぞ」

『えー、被疑者が拳銃状の物体を所持していた点については如何か』

「その通り。被疑者は拳銃状の物体を所持していた件、現認している」

『その拳銃は本物か、どうぞ』

「現時点では確認できない、どうぞ」

『群馬本部了解。以上群馬本部』

サイレンが近づいてくる。応援のパトカーが二台立て続けに到着する。どちらも伊勢崎南署のパトカーだ。特殊係の到着を期待していたのか、刑事の一人が「なんだ」と呟いた。


志多は時々ブラインドの陰から姿を見せるが、やはり特に要求は加えてこない。もっとも、何か言ってはいるものの、分厚いガラス壁に遮られて声が届いていない可能性も充分にある。いまのところ、志多の携帯電話番号は判明していない。〈メイルシュトロム伊勢崎店〉の電話番号はもちろんわかっているが、葛は電話をかけようとしない。犯人との接触や交渉は事件の行方を大きく左右する重大事であり、葛の一存で開始できるものではない。上層部に架電を提案することはできるが、葛は現時点で、それも考えていなかった。店長の行方が確認できていない状態で犯人に接触すれば、主導権を奪われるおそれがあるからだ。

近くのコンビニでプリントアウトされた店内見取図が配られ始め、葛も一部受け取る。

刑事がまた一人、避難者を連れてくる。制服を着ていない初老の男性で、明らかに客だとわかる。着ている青いシャツには黒い、まだ新しいしみがついていた。男性は葛の前に立つと、昂奮気味に手を振りまわした。

「あんたさんが責任者ですか。聞いてください、あそこはひどい店です」

「落ち着いてください。まず名前と住所、年齢をお伺いします」

男性は、途端に腕の動きを止めた。

「言わなきゃいかんですか」

「捜査にご協力願います」

溜め息をつき、男性はぼそぼそと名乗る。

「久島一伸（くしまかずのぶ）、七十三になります」

住所は伊勢崎市内だった。

「ありがとうございます。お怪我はありませんでしたか」

途端、男性は自分の左ひじを押さえる。

「逃げる時、戸口のドアで肘を打ちました。いまでも痛い」

事件で怪我を負った人間がいれば、その程度を確認しなくてはならない。葛は刑事に命じる。

「救急車手配」

久島は途端に、肘から手を離した。

「たいしたことはないんです」

「治療を受けて頂きます」

「いや、痛みはずいぶん引きました」

ぶつけて痛むと聞いてしまった以上、本人がその言を翻しても、専門家による確認は必要になる。刑事は委細構わず、人員輸送車の無線機で県警本部に救急車の手配を要請する。葛は冷ややかに言う。

「必ず、治療を受けてください」

久島は苦り切っていた。

「まあ……警察が言うなら……もう治ったんですがね」

「では、中で何があったのかお話しください」

その言葉で、久島はたちまち憤激を取り戻す。

「それですよ。わたしはね、あの店にもう七年も通っているんです。しかしあんな店だとは思わなかった。たしかに、店長がいまの青戸さんに替わってからは何かとおかしいこともありましたがね。それでもいい店だと思うから通っていたんです」

「店長が替わってから、おかしなことがあったんですか」

「ええ、それはもう」

「お聞かせください」

「トルティージャがメニューから消えたんです。ボンゴレ・ロッソも！」

葛は頷いた。

「憶えておきましょう。では今日、中であったことをお話しください」

「非常ベルが鳴ったんです」

「どうしてか、ご存じですか」

「男が暴れたんでしょう。変な男がいましたよ、店員に食って掛かった。ああいうのがいるからいかんですな。警察はああいうのを、日頃から捕まえておくべきです。そうでしょうが」

久島を連れてきた刑事がどこか言い訳がましい顔をしている。葛は久島に訊く。

「どんな男でしたか」

「見とりません」

「……」

「男がぶつぶつ言っているのは、わたしの席からは見えなんだのです。衝立越しに聞こえてきました」

葛は店内写真を思い出す。たしかにテーブル間には適宜パーテーションが置かれていて、店内の見通しは悪かった。

葛は久島に店内見取図を見せ、久島の座席と、問題の男の位置を示させる。位置関係と供述内容に矛盾はなかった。

「では、その男がどんなことを言っていたかはわかりますか」

久島は自分の耳を指さした。

「他人の文句なんか、何と言っとるのかわかりゃしません。それほど大声でもなかったし、こっちも飯を食いに来とるわけだから、気にしちゃおられませんし。それでもたしか、『話が違う』と言ったのは聞いとります」

「『話が違う』ですか。他には?」

「気にしちゃおられんと言ったでしょう。憶えとるのはそれぐらいです。ただ、男が手洗いの方に行くのはちらりと見えました。さっきも言ったように衝立越しで、頭の後ろだけですが」

「頭部が見えた。何か特徴はありませんでしたか」

久島は苛立たしさを露わにする。

「何度も言ったでしょうが、よく見てはおりませんでしたからな。髪を染めていたことぐらいしか、わかりません。それよりもわたしの話を聞いて頂きたい」

「男が髪を染めていたというのは、何色にですか」

「薄茶色です。言ったでしょう。あんた、わたしの話を聞くつもりがあるんですか」

「もちろんです。お伺いします」

葛が言うと、久島は満足そうに胸を張る。

「あの店の連中はね、非常ベルが鳴ったというのに避難の誘導もせず、われ先にと逃げ出したんです。考えられますか。ジャンと鳴ったら料理をこぼして、ろくに謝りもせず逃げたんですよ。これが軍艦なら、そんな船員は死刑ですよ、死刑。店の人間は最後まで残って、誰も残っていないか確認して、それからしずしずと出てくるのが本当でしょう。ああいう店はけしからんと思うんですよ。警察ならわかるでしょう」

「すると久島さんは、船に乗っておられたんですか」

「いや、そういうわけじゃないですが……」

葛はしかつめらしく頷いた。

「ご協力ありがとうございます。救急が来ますから、そちらで治療を受けてください」

まだ何か言いたげな久島が立ち去ると、久島を連れてきた刑事が言った。

「すみません。怪しい男を見たと言っていたので連れてきたんですが」

葛は意に介する様子もない。

「その、店員に食って掛かっていた男について重点的に聞き込みを進めてくれ。他にも見聞きした人間がいるはずだ」

刑事が避難客たちの方に戻っていくと、葛は店内見取図を見た。店内の客がトイレに向かう時は、細長い通路を通る。その通路はトイレのほか、物置と機械室、そして事務室に繋がっている。


〈メイルシュトロム伊勢崎店〉一階を探っていた刑事が戻り、スマートフォンで撮影した写真を表示しながら報告を始める。

「見た通り、一階はほぼ駐車場と駐輪場です。駐車してある車のナンバーは控えて、いま、照会をかけています。一階の隅には機械室があって、頑丈な鍵がかかっていました。鍵屋を呼べば開けてもらえるでしょうが、中が二階と繋がっているか怪しいもんです」

葛は見取図を再確認した。

「いや。機械室は吹き抜けになっていない」

「なら、二階に上がるまっとうなルートは二つだけですね。一つは客が使う外階段で、入口は観音開きのガラス戸。中から丸見えで近づけないので、施錠の有無は確認できませんでした。もう一つはキッチンに続く搬入用の外階段で、こっちの入口のドアは内開きの金属製です。押してみましたが、鍵がかかっていました。こちらも鍵屋に開けてもらえそうですが、立てこもり犯が気の利いたやつなら、内側に棒でも嚙ませてあるでしょう」

「まっとうなルートは二つと言ったな。まっとうでないルートは、何だ」

「客用トイレの窓には鉄格子がついていますが、従業員用トイレの方は格子がありません。窓は小さく、がたいのいい大人が潜り抜けるのは無理そうですが、小柄なら行けるかもしれません。あとは見た通り、ホールは全面ガラス壁なんで、その気になれば梯子をかけてガラスを割れば突入できます。二階までの高さは三・二メートルでした。ガラスの種類と強度はわかりません」

「わかった。写真は本部と共有しろ」

刑事が下がると、葛は無線で本部に情報を伝える。本部はただ、『群馬本部了解』とだけ返してくる。

別の刑事が、〈メイルシュトロム〉ホールスタッフの制服を着た女性を伴って来る。代崎の話が正しいなら、彼女は倉本のはずだ。そして実際、彼女はそう名乗った。

「倉本香里（かおり）といいます。ホールを担当しています」

葛はこれまでの避難者と同じく、中で何があったのかを訊いた。倉本は、

「『逃げろ』という声がして、それから非常ベルが鳴りました」

と話す。

「それらはなぜか、ご存じですか」

「わかりません」

葛は倉本の口ぶりに躊躇を感じた。誰かを庇っている感じはしない。自分の発言で誰かに濡れ衣を着せることを恐れているのだと、葛は察する。

「現時点で不正確かもしれない情報でも、一向に構いません。確認は確実に行います」

そう言葉をかけると、倉本は小さく頷いた。

「本当に考え違いかもしれないんですが、お客さんの一人が、思っていたのと注文が違うってすごく怒っていたんです。店長に会わせろって言っていましたから、もしかしたら……」

葛はタブレットを操作し、志多直人の写真を表示する。

「この人ですか」

倉本は画像をじっと見つめ、はっきりと頷いた。

「はい、そうです」

久島が言っていた男は、やはり志多だった。

「この人について詳しくお聞かせ願いたい。関係ないように思われる細かな点も、すべて」

「はい……でも、どこから話せばいいのか」

そう言って、倉本は爪を嚙む。やがておずおずと話し始める。

「わたしのシフトは三時からなんです。二時五十分頃、表の入口から中に入って、事務室に行きました。そこで着替えて三時少し前にホールに出て、まず、窓際の席にアマトリチャーナを配膳しました。注文待ちのお客さんはいなかったのでキッチンカウンターに戻ると、二十七番テーブル宛てにストロベリーパフェが出来ていました。トレイに載せて持って行くと、最初は喜んでくれたんです。でも、すぐに『話が違うじゃないか』と怒られて」

「どういうことでしょう」

「ナッツが入ってないと聞いたから注文したのにと言うんです」

「……アレルギーでしょうか」

「そう言っていました。ナッツが入っていないか店員に確認して、入っていないから頼んだのに話が違うじゃないか、と。〈メイルシュトロム〉のパフェには、砕いたアーモンドがかかっているんです。だから、誰かがナッツは入ってないと言ったのならそれは間違いで、お客さんが怒るのも無理ないです。お客さんは最初、わたしが間違った説明をしたホールスタッフだと思っていたみたいですが、誤解が解けてからは間違えた本人を呼べと要求してきました」

だが、ナッツは入っていないと説明したのは、シフトに入ったばかりの倉本ではなかったはずだ。

「間違った説明をしたのは、誰でしょう」

倉本は黙り、うつむく。心当たりがあるが、密告じみた形になるのが嫌なのだろう。葛は、強いて話を促しはしなかった。何となく嫌だという理由で口をつぐむには、目の前で起きている事件はあまりに大きい。

案の定、倉本はためらいつつも、はっきりと言った。

「湯野（ゆの）さんだと思います」

葛は手元の避難者リストを見る。湯野という名前はない。

「店内にいたのはあなたのほか、ホールスタッフの代崎さん、キッチンスタッフの安田さんと王さん、あとは青戸店長の五人だったと聞きました。湯野さんというのは誰ですか」

「湯野さんは……ええと、湯野有加里（あかり）さんです。ホールスタッフで、わたしはシフトが入れ違いになることが多いんですが、土日は一緒に働くこともあります」

「なぜ、間違った情報を伝えたのは湯野さんだと思うんですか」

「代崎さんは家族がアレルギー持ちで、ふだんからアレルゲンにはとても気を遣っているので。ホールには店長が出ることもありますけど、店長とわたしを見間違えるのは変です」

「湯野さんが説明を間違えたというのは、その場ですぐに察しがつきましたか」

「はい」

「では、あなたは湯野さんを呼んできましたか」

倉本は心外だと言わんばかりに目を見開いた。

「いえ。こういうトラブルで担当者を矢面に立たせることはしません。それにそもそも、湯野さんはもう退勤していました」

葛は少し考える。

「……あなたと湯野さんは、入れ違いでシフトに入ることが多いと言っていましたね。今日も、そうだったんでしょうか」

「はい。湯野さんは三時に上がったはずです。廊下ですれ違いました」

葛は言う。

「湯野さんのスマートフォン番号を知っていますか。あるいはメッセージでも、メールでも」

気圧されたように身を引きつつ、倉本は頷いた。

「はい」

「いますぐ、連絡を取ってみてください」

「え、でも、わたしの携帯はロッカーに……」

そう言いかけ、倉本は誤魔化すような笑みを浮かべた。

「いえ、なんでもありません」

業務中は私物の携帯電話を持っていてはいけないのに、倉本はその規則を破っていたのだろう、と葛は察する。倉本がポケットからスマートフォンを取り出して操作すると、コール音が葛にも微かに聞こえてきた。

そのまま十秒、二十秒、三十秒が経つ。倉本がちらりと葛を見て、葛は「続けて」と言う。

呼び出し時間が一分を過ぎる頃、倉本がスマートフォンを耳から離した。

「急に、電源が入っていないか、電波の届かないところにあるってアナウンスになりました」

湯野のスマートフォンの近くには誰かがいて、その誰かが電源を切ったと思われる。

「湯野さんというのは、何歳ぐらいですか。女性で間違いないでしょうか。住所はわかりますか」

倉本は戸惑いつつ、答える。

「聞いたことはないですけど、たぶん二十代後半で、女性です。住所は、すみません、わかりません」

葛は倉本を連れてきた刑事に向け、指示を出す。

「本部に報告。もう一人、店内に取り残されているおそれが大きい。名前は湯野有加里。二十代後半。住所は不詳」

刑事が人員輸送車の車内からマイクを引っ張り出す。本部への報告を聞きながら、葛はもう一つ訊く。

「それで、パフェを頼んだ男は、その後どうしましたか」

倉本は首を横に振る。

「わかりません。間違った説明をしたスタッフは退勤したと伝えると、じゃあ店長を呼べと言われて、わたしが困っていると、もういいから行けと言われました」

「男は怒鳴っていましたか」

「いいえ。すごく怒っていたみたいですが、声は大きくなかったです。それより、パフェが食べられなくなって、男の子がすごくがっかりしていました。声も出さずにぽろぽろ泣いて、見ていられませんでした」

葛は倉本をまじまじと見る。

「男の子？　パフェを注文した男性は、男の子を連れていたんですか」

　倉本は目をしばたたかせた。

「言ってなかったですか？　そうです。パフェを配膳したのは、男の人と男の子の二人席でした」


　伊村警部が来る。

「志多の妻の電話番号が割れた。志多は、おい、子連れだぞ」

　葛は黙って頷く。伊村は不快そうに顔をしかめた。

「なんだ、知ってたか。だったら共有しろよ」

「たったいま、伊村さんがすれ違った目撃者が話してくれたことです。まだ本部にも伝えていません」

　少し間を空け、葛は付け加える。

「本部には伊村さんから伝えてください」

　途端、伊村は相好を崩した。

「なら、そうさせてもらおうか。悪いな。いちおう教えておくが、連れていたのは男で志多春太、六歳だ。で、他には何を聞いた」

　葛はこれまでの聴取の結果を伝える。伊村は舌打ちした。

「アレルギーか。そいつは親としちゃあ、やり切れねえな」

葛が黙っていると、伊村は言い訳のように続ける。

「なに、うちのガキが、キウイが駄目なんだ。だから、ふだん外食は気を遣う。それが年一回のお出かけで、まんまと当たった日にゃあ……」

と言いかけて、伊村は葛の表情をうかがう。

「……おっと。これを言っておかなきゃな。志多が息子を連れて店に来た理由」

「いま伊村さんが話したことで、察しがつきます」

「そうだろうが、『察し』で物事を進めちゃいけねえ。伝えておこう。志多の息子は、今日が誕生日だ」

「午後三時の誕生会というのは、少し妙にも思えますが」

「志多はタクシー運転手だ。昨日から今日にかけて隔日勤務で、家に帰ったのが午前四時。そこからひと眠りして、息子の祝いに店に来たってことらしい。母親は保育士で、定時は十六時だが、ほぼ毎日延長保育が入って帰りは二十時ぐらいになる。昼は親父が祝って、夜は母親が祝う予定だったそうだ」

その祝いの席で志多は、アレルゲンが入っていないことを確かめた上でパフェを頼んだ。だが実際にはアーモンドが使われていて、息子はパフェを食べられず、がっかりしてしまった。

葛は誰にともなく呟く。

「志多が店員に文句を言うのはわかる。だが……」

伊村がその先を引き取る。

「そこだ。文句を言う気持ちはわかる。立てこもっているのも、揉めた挙句の物の弾みと考えりゃあ、そんなこともあるかと思う。でなきゃ、想像に過ぎねえが、志多は何かクスリをやっていて尋常じゃないのかもしれん。だが凶器を、銃をあらかじめ用意しておくってのはわからねえ。なあ葛、あの拳銃、本物だと思うか?」

伊村自身、まったくそう信じてはいない訊き方だった。

〈メイルシュトロム伊勢崎店〉には、志多直人のほか、志多春太、店長の青戸勲、ホールスタッフの湯野有加里がいると考えられる。

この情報は、県警本部を震撼させた。犯人単独の立てこもりと思われた事件が、人質事件へと変質したからである。至急犯人に接触しなければならないが、人質事件に対応する訓練を受けた特殊係は到着していない。新戸部捜査第一課長は、葛に電話で指示を与えた。

『店内に電話をかけろ。情報を引き出せ』

葛は強行犯捜査係であり、人質事件の交渉は経験がなく、それは新戸部も承知している。しかし、事は一刻を争う状況だ。葛も異議は唱えない。

「わかりました」

県警本部や他の警察官も傍聴できる電話機で架電することが望ましいが、今回は機材が到着していない。葛はスマートフォンの録音機能とスピーカー機能を有効化し、さらに部下に命じて、間近でボイスレコーダーを構えさせた。目の前の店に電話をかける。コール音が鳴り、周囲の人間は息をのむ。

『……はい、〈メイルシュトロム伊勢崎店〉です』

ひどく緊張した、中年の男の声だった。

「こちらは群馬県警捜査第一課の葛といいます。あなたは誰ですか」

『店長の青戸です』

葛は、店の人間が電話に出ることを予測していた。犯人からしてみれば、電話をかけてきたのが警察かどうかはわからない。客や出入りの業者からの電話であれば店員に対応させた方が事が荒立たないと考えるのが、自然だ。

葛が訊く。

「犯人はそばにいますか」

『はい。目の前にいます』

「そこはどこですか」

『事務室です』

「店内にはあなたと犯人と、ほかには誰がいますか」

返答には間があった。沈黙が五秒、十秒と続く。周囲の刑事たちの表情に不安が浮かぶ。葛はただ待つ。

そして、青戸は言った。

『……答えるなと言っています』

「『はい』か『いいえ』で答えてください。犯人の息子は、店内にいますか?」

『はい』

「無事ですか」

『はい』

「湯野有加里さんは、店内にいますか」

『は、はい』

「無事ですか」

ひときわ押し殺した答えが返った。

『……いえ』

刑事たちがわずかにざわめく。葛は周囲に目を走らせ、周囲で囁かれようとしていた声を押さえつけ、改めて訊く。

「湯野有加里さんは怪我をしていますか」

『いえ……はい』

湯野は、怪我をしていると言えるのか躊躇われる状況にある——葛は、質問を変える。

「湯野有加里さんは生きていますか」

答えは遅く、声は重かった。

『……いいえ』

そして突然、電話の向こうで物音がした。何かを叩きつけるような音だった。青戸は叫んだ。

『湯野くんは殺された！　目の前にいるんだ！　助けてくれ！　こいつはいかれて……』

電話が切れた。

湯野有加里の死が事実であるか、現時点では確認が取れない。県警本部は伊勢崎市消防本部に連絡し、現場に救急車と救急救命士を待機させるよう要請した。葛には、特殊係の到着まであと十五分程度かかるという見込みも伝えられた。県警本部からは「第二の犠牲者を出すな」という指示が出た。

葛は引き続き、店へと電話をかけ続けた。人質事件は、犯人との接点を持ち続けなくてはならない。だが、犯人が電話線を抜いたのか、あるいは辛抱強く呼び出し音を無視し続けているのか、二分、三分と待ち続けても電話に出る者はなかった。

近くの刑事が、〈メイルシュトロム伊勢崎店〉のガラス壁を指さす。

「おい、あれ」

見れば、志多が顔をのぞかせ、ガラスに何かを貼っている。何か文字が書かれているようだが、葛の位置からは読み取れない。葛は人員輸送車の中から、今日のもともとの任務であった小峰逮捕のために持参した、双眼鏡を取り出す。

ガラス壁に貼られたのは、Ａ４サイズのコピー用紙のように見える。そこには稚拙な文字で、

《駐車場の入口をあけろ。後を追うな》

と書かれていた。

初めて出てきた、要求らしい要求だ。葛は改めて店内に電話を掛けるが、やはり、誰も出ない。要求は出すが交渉する気はない、ということだ。

刑事が、キッチンスタッフ用のエプロンをつけた女性を伴ってくる。女性は一礼し、葛が姓名を問うのに答える。

「王春美（チュンメイ）といいます。キッチンスタッフとして、二年働いています」

「中で何があったか、話して下さい」

「事務室の方から『逃げろ』という声が聞こえ、続けて非常ベルが鳴りました。わたしがフライヤーの電源を切って、安田さんがコンロとオーブンの火を落として、二人で逃げました」

「『逃げろ』と言ったのは誰だったか、わかりましたか」

王は小首をかしげた。

「青戸店長だと思いました。男の声でしたし、男の店員は安田さんと店長だけなので。でも、見たわけではありません」

王の供述は、安田が話したことと完全に一致している。葛はそこに疑問を覚え、王を伴ってきた刑事にちらりと目をやりつつ、王に訊く。

「店を出てから、安田さんと話をしましたか」

王は首を横に振った。

「いいえ。何が起きたのかわからなくて、どうしようと思っていたら警察の人が来て、ずっと話をしていました」

　王の背後で、刑事が小さく頷く。王と安田が口裏を合わせたおそれはなさそうだ。

　葛は事件の経緯を頭の中で整理しつつ、質問を続ける。

「『逃げろ』という声が上がる前に、何か普段と違うことはありましたか」

「……いいえ。特には」

「何かを見たり、聞いたりはしませんでしたか」

　そう水を向けると、王は戸惑いをあらわにした。

「わたしは何も。普段通りに流れてくる注文をさばいていました。……でも、安田さんは何かを聞いたと言っていました」

「何かとは？」

「わかりません。わたしには何も聞こえなかったので」

「なぜ安田さんには聞こえ、あなたには聞こえなかったのか、理由がありますか」

　王ははっきり頷いた。

「わたしはフライヤーのそばにいました。ちょうど唐揚げ用の鶏肉を入れたところだったので、間近でとても大きな音が鳴っていたんです」

　葛が頷く。

「安田さんが言っていたことを、もう少し詳しく話して下さい」

　王は記憶を辿るように、眉間にしわを寄せた。

「……わたしが唐揚げを揚げ始めたとき、安田さんが『何か聞こえなかったか』と言いました。わたしが聞こえなかったと答えると、安田さんは事務室の方を見て、『聞こえたよ、たしかに』と言いました」

「続けてください」

「わたしは、『見に行ったらどうですか』と言いました。安田さんが不安そうに事務室の方を見続けていたからです。でも安田さんは結局『茹で始めたからな』と言って、行きませんでした」

葛は少し考えた。

「茹で始めたというのは、何をですか」

王はすぐに答える。

「パスタです」

「安田さんはパスタを茹で始めたばかりだから、事務室の様子を見に行かなかった。なぜですか。茹でている間は手が空くのではないですか」

王は驚いたように目を見開き、葛を見て、少し笑った。

「あなたは、そうではないことを知っていますね。知っているのに、わたしに訊いている」

「……」

「ええ、ご存じの通り、麺を茹でているからといって手が空くということはありません。なぜなら料理人は、麺を茹でている間に器や具材、ソースなどを用意しなくてはならないからです。

作る料理によって差はありますが、一般的に言って、麵を茹で始めたら時間との勝負です」

「安田さんが作っていたのは、そうした、パスタを茹で始めたら調理場から離れられない種類の料理でしたか」

王はすぐに頷いた。

「はい。安田さんはイカスミのパスタを作っていました。お店にはトマトソースが用意されていますが、イカスミのパスタを作るには、イカスミペーストとトマトソースを合わせなくてはなりません。パスタが茹で上がったら、具となる魚介類とパスタとイカスミのソースを和えるのです。それに、そもそも料理人の本能として、調理が始まっているのにその場を離れることはしないものです」

「よく見ていますね」

「よく見ろと言われています。安田さんはとても手際がいいので、見ていると勉強になります」

王の供述は淀みない。一般的に淀みない供述が得られるのは、相手が答えるべきことを事前に用意しているか、相手の頭の回転が早い場合だ。葛は、今回は後者だと考える。王が事前に、パスタの作り方を訊かれることを知っていたはずがない。

「ちなみに……」

と前置きし、葛はもう一つ尋ねる。

「イカスミのパスタの茹で時間は、何分でしょう」

王は微笑んで答える。

「パスタそのものは他と変わりないので、四分半です」

今度もやはり、打てば響くような返答だった。


「班長」

葛の部下が、息せき切って報告に来る。

「〈メイルシュトロム〉の本社に問い合わせて、店内でおもちゃを売っていないか確認しました。思った通り、レジ前で売っています」

玩具を売るファミリーレストランチェーンは多い。〈メイルシュトロム〉もその例に洩れなかったとして、葛にとって意外ではなかった。刑事は続ける。

「いま店頭で扱っている商品のリストを送ってもらいました。その中に引っかかるものがあったので写真を頼んだところ、届いたのが、これです」

刑事が手にしたタブレットを操作して、画像を呼び出す。いかにも安っぽい質感の、しかし黒い色をした、拳銃型の水鉄砲が表示される。

「志多が姿を見せた時に撮られた画像と照らし合わせました。よく似ています。班長、あの拳銃は本物じゃありません」

タブレットの画面上で、志多と水鉄砲の画像が並べられる。たしかに志多が手に持っている拳銃状のものは、銃身の長さといい、握った手からわずかに覗いた銃把の色合いといい、画像の水鉄砲とよく似ている。

葛はただ、

「わかった。本部に共有しておく」

とだけ言った。自らの発見に意気込んでいた刑事は、肩透かしを食ったような顔になる。

「以上です」と言って立ち去ろうとする刑事に、葛は鋭い声をかける。

「〈メイルシュトロム〉本社と連絡を取っているなら、問い合わせてくれ」

「何をですか」

「今日の午後二時四十五分から三時までの間に、伊勢崎店でイカスミのパスタが何皿注文されたか」

刑事は一瞬、笑いかけた。しかしこの場で葛が冗談を言うはずがないとすぐに気づき、表情を引き締める。

「イカスミのパスタだけでいいですか」

「ああ。至急だ」

およそ警察官の仕事で、至急でないものはない。現場ならばなおのことだ。にもかかわらず葛が「至急」と口にしたからには、他の何を措いても最優先で当たるべき案件ということだ。刑事はスマートフォンを取り出し、すぐに〈メイルシュトロム〉本社に電話をかける。

刑事が避難者の一人を連れてくる。

にやけ顔をした青年で、見るからに昂奮している。名前を訊くと、

「言わなきゃだめですか?」

と渋る。葛は淡々と答える。

「犯罪捜査なので、ぜひご協力をお願いします」

「そうですか。でも、俺、犯人の動画撮ったんすよ。それに免じてってことになりませんかね?」

「ご協力をお願いします」

青年は当てが外れたような顔をして、溜め息をついた。

「鈴村照星(すずむらしょうせい)」

「年齢と住所もお聞かせください」

「俺、被害者っすよ? まあ、さっきのお巡りさんにも話したから、別にいいんすけど。二十九歳です」

鈴村の住所も伊勢崎市内だった。葛は手帖を構える。

「中で何があったか、聞かせてください」

「話すより動画見てもらった方が早いっすよ」

スマートフォンを突き出しながら、鈴村は重ねて言う。葛は事件の切迫性にかんがみ、主導権を手放す。

「わかりました。見せてください」

「すっごいっすよ」

鈴村がスマートフォンを操作し、動画を再生する。

画面に、いちごが山と盛りつけられたスイーツが大写しになる。鈴村の声が入る。

『じゃーん。〈メイルシュトロム〉のスペシャルサンデーでーす』

スイーツの向こうでは、女性がスプーンを構えている。

『待ってましたー。あのさあ、それで、サンデーってなんなの？　パフェとどう違うの？』

『そんなの俺が知るわけないじゃん。ていうか、そこ重要？　そこなの？』

『まあどうでもいいっちゃー、どうでもいいんだけどねー』

スマートフォンを構える鈴村が、気まずそうに頭をかく。

「この辺関係ないっすね。飛ばします」

葛は強く言う。

「いえ。拝見します」

「そうすか？　まあ、そんな長くないですけど」

動画では女性がサンデーを一匙すくい、

『おいしー！』

と歓声を上げている。その直後、画面の端を人影がよぎった。鈴村のものではない、低い男の声が流れてくる。

『なああんた。店長はどこにいる？』

鈴村が声の方を振り返った拍子か、スマートフォンのカメラが声の主を捉える。志多だった。

志多が、ホールスタッフの代崎に訊いたのだ。

カメラは再び、サンデーに戻る。志多の声は大きくはなく、激昂してもいないが、明らかに怒りを含んでいる。代崎は特にためらう様子もなく答える。

『ホールにいなければ、事務室だと思います』

『事務室はどこだ』

『お客様用のお手洗いの向かいです』

志多は礼も言わず歩いていく。その後ろを、涙声で『父ちゃん。父ちゃん、もういいよ』と繰り返しながら、小さな男の子がついていく。

カメラが再びサンデーに向けられる。鈴村が言う。

『何だいまの。やばくね?』

サンデーを食べている女性は、さほど気にした様子もない。

『接客してると、たまにああいうのいるよ。それか、本当に店長の友達とかだったりして』

『勤務中に事務室に来る友達って、嫌だな』

『わかるー。うちの近くにハンバーガー屋が出来たんだけど、店長の友達みたいなのがしょっちゅう来て、席に居座ったりするんだよね。あれ感じ悪くてさー』

『で、サンデーの感想は?』

『言わなかったっけ。超うま』

『ナッツかかってるんだな。俺ナッツ苦手』

『人が食べてるとき、そういうこと言わない方がいいよ。でさ、このナッツがいい感じ。食べればわかるよ』

『じゃあ一口くれる？』

『いいよー』

そこで突然、『逃げろ！』という声が遠くから聞こえてくる。鈴村たちは声に気づいたが、特に反応しない。店内もざわつく様子はなかった。だがその直後、非常ベルが鳴り始める。女性が言う。

『え、これ、やばくね？』

『誤作動だろ』

店内の客の数人が席を立つ。

『皆さん！』

という声が上がり、カメラが向いた先では、代崎が手を挙げていた。

『落ち着いて、入口に近い席から避難してください。階段に気を付けてください！』

それで、客たちが出入口に向かい始める。サンデーを食べていた女性が『あたしらも行こ』と言うと、がたりと音がして画面が急に動き、天井を映し出す。鈴村がスマートフォンを落としたらしい。

『あ、やべ』

その言葉の直後、動画は終わった。

鈴村が得意げに笑う。

「すごいでしょ。犯人映ってる」

葛は手近な刑事を手招きしつつ、鈴村に言う。

「ご協力ありがとうございます。データをお預かりしてもよろしいですか」

「共有なら、もちろんいいすよ」

「映っていた女性についても教えてください」

鈴村は苦い顔をする。

「俺が教えたって言うと、あいつ嫌がると思うんで。でも、犯罪捜査だって言うんでしょ。辻川花です」

「スマートフォンをお預かり出来ますか」

鈴村はスマートフォンを胸に抱いた。

「いいわけないっすよ。仕事になんない。それにこの動画、売れると思うんで」

そう言いつつ、鈴村はちらりと中継車に目をやる。葛は手帖を閉じた。

「止めることは出来ませんが、やめておいた方がいいでしょう」

鈴村が警戒をあらわにする。

「なんすか。逮捕するとか、そういうやつすか」

「警察としては介入しませんが、民事上のリスクです」

頭をかき、鈴村は「言うことがわかんねえな」と呟いた。

群馬県警本部捜査第一課特殊係が到着した。葛は特殊係長である三田村警部を出迎える。

三田村は葛より三期後輩にあたる。巨軀を出動服に包んで防弾チョッキを着こみ、ヘルメットをかぶった三田村は、葛を一目見て不満げに言った。

「なんで葛さんまで防弾チョッキつけているんだ」

「聞いていないのか。高崎駅の殺人未遂で逮捕に出た帰りだ。部下も装備してる」

「装備があっても、応援は不要です。訓練を受けてない人間がうろつくのは、怖いですから」

葛は腕時計を見た。

「三時四十九分、現場の指揮を委ねる」

「特殊係が現場を引き継ぎます。……状況を教えてください」

葛は〈メイルシュトロム伊勢崎店〉の二階を見上げる。ガラス壁にはまだ、《駐車場の入口をあけろ。後を追うな》という張り紙が貼られたままだ。

「拳銃状のものを所持した男が、店の二階に立てこもっている。二階に上がる階段は、店舗正面入口に一つ、裏口に一つ。正面入口の鍵は確認できていない。裏口は施錠されている。現場見取図は？」

「防犯カメラの場所を書き込んだものを、データで受け取っています」

「被疑者は店のガラス壁に要求文を張り出したきり、こちらの接触を拒んでいる。三時二十七分以降、姿も見せていない。中には店長の青戸勲、従業員の湯野有加里、被疑者の志多直人、被疑者の息子の志多春太がいると考えられる。架電した際に青戸勲が応答し、湯野有加里が殺害されたと言っていた。確認は取れていない」

「了解です」

一拍置いて、三田村が訊く。

「被疑者が所持している拳銃状のものが本物か、情報はありますか」

「確定情報は、ない」

「まったく、ないですか」

三田村が食い下がる。誰かが本部に情報を流したなと思いつつ、葛は答える。

「〈メイルシュトロム伊勢崎店〉のレジ前で、玩具を販売している。そこで売られている水鉄砲と、被疑者が所持している拳銃状のものは外観が類似している」

三田村が眉を寄せる。

「大きな情報だ。何で伏せるんですか」

「伏せたんじゃない。優先順位が低いと考えただけだ」

「なぜです」

「特殊係の仕事に口を出すつもりはないが、『あれは水鉄砲かもしれない』と伝えて、何か変わるのか」

黙り、やがて三田村は、吐き捨てるように言う。

「そういうことじゃないだろ」

志多が所持しているのが九割九分まで本物の拳銃ではなく、ただの水鉄砲だとわかったとしても、特殊係はそれが本物の拳銃だと考えて行動するしかない。万が一、本物の拳銃だった場合を想定しないわけにいかないからだ。たしかに葛の言う通り、あれは水鉄砲かもしれないと聞かされても、三田村の指揮は何も変わらない。だがそれでも葛の言い分は、三田村にとって決して愉快ではなかった。

「優先順位の問題だというなら、何か、それよりも先に共有すべき情報があるっていうんですか」

「ある」

「それは……」

ちょうど葛の部下の刑事が近づいてきたが、葛と三田村が話しているのを見て立ち止まる。葛は刑事に、「構わん。話せ」と命じる。刑事は三田村に遠慮しつつも、手短に報告する。

「先ほどの件、〈メイルシュトロム〉本社から回答がありました。二時四十五分以降、イカスミのパスタの注文数は、一です。一皿しか注文されていません」

三田村が眉根を寄せる。

「イカスミだって。何の話です」

葛が答える。

「時間の話だ。三田村、この情報はまだ本部と共有していないが、現場指揮官に優先して伝える。青戸に気をつけろ」

「青戸？　人質の青戸店長？」

困惑する三田村に、葛は言った。

「本物の人質か、極めて疑わしい。青戸は凶器を所持していると思われる」

風が吹き抜けていく。葛が言う。

「本部との交信を傍受していたとは思うが、あの店の中では、『逃げろ』という声が上がり、その次に非常ベルが鳴って、客と店員が避難した。だがキッチンスタッフの安田が、声が上がる前に事務室で物音がしたと言っている。何かが落ちるとか、部屋中をひっくり返すような音だと言っていた」

三田村は戸惑いを隠せない。

「事務室に押し掛けた志多が青戸店長や湯野有加里と争い、物音が立った。あるいはその時、湯野が殺されたかもしれない。その後、店長が『逃げろ』と言い、非常ベルを押した。おかしな点はないと思いますが」

「物音がした時、キッチンスタッフの安田はパスタを茹で始めたところだった。イカスミのパスタは客の久島が注文したもので、ホールスタッフの代崎が運んだ。代崎は久島のテーブルにパスタを置くとき『逃げろ』という声と非常ベルを聞き、動揺して料理をこぼしている」

「順序は間違っていない」

「たしかに。ところで、この店のパスタの茹で時間は四分半だ」

三田村は「あ」と呟いた。その目が真剣みを帯びる。

「茹で時間に加え、ソースと和える時間、配膳に要する時間を考えれば、事務室で大きな物音がしてから『逃げろ』という声が上がるまで、少なくとも六分程度は経過していると見ていい。安田は両者の間が三十秒から二分ぐらいだったと言っていたが、本人も言った通り、仕事に集中していて時間の感覚がなかったのだろう」

「六分か」

「志多と青戸は、大きな物音を立ててから六分以上も静かに話し合っていたのか。それだけの時間が経ってから突然、青戸は『逃げろ』と声を上げたのか」

「たしかに……少し、時間がかかっている。しかし」

三田村はあたりをはばかるように声を低くする。

「では、その六分間に何があったというんですか」

「わからん。だが青戸が、湯野有加里が死んだと言っていたことは忘れるべきではない」

湯野は三時にアルバイトを退勤した。〈メイルシュトロム〉の制服は白シャツにベージュのベスト、黒いパンツだ。そして倉本は出勤の際、事務室で着替えたと言っていた。

「あの店にはロッカールームがない。従業員は制服で出勤してくるか、事務室で着替えている。更衣室として使うからには、もちろん事務室は中から鍵がかかるのだろう。だが三時過ぎ、倉本が出勤し湯野が退勤し、志多が店長に抗議するため事務室に向かった時、事務室には青戸がいた。青戸が店長の鍵を使ったのか、湯野が鍵を開けたと考えられる」

三田村は葛の話を咀嚼する。

「別の言い方をするなら……志多が行くまで、青戸と湯野は事務室で二人きりだった」

「そうだ」

三田村は腕を組んだ。

「青戸と湯野の関係は？」

「推測だけならいくらでも出来るが、それは今後捜査すべきことだ。いまわかっているのは、三時過ぎに湯野が事務室にいたこと。おそらく相前後して青戸も事務室に行き、その後、事務室で大きな物音がしたということ。それから六分以上が経ってから志多が事務室に行き、直後に青戸が『逃げろ』と叫び、誰かが非常ベルを押した」

三田村はようやく、葛の真意を悟る。

「青戸が湯野有加里を事務室で殺し、志多は偶然、その現場に押しかけてしまった。葛さん、あんたそう言いたいのか」

「……というおそれがある。少なくとも、湯野と二人になる機会があったのは、志多じゃない」

葛は少し息をついた。

「もし湯野を殺したのが青戸なら、青戸がこの場を逃れる方法は一つしかない。全てを志多の犯行に見せかけ、自らは被害者を装うことだ」

三田村は一言の下にはねつける。

「そんなこと、出来るはずがないでしょう。志多が協力するはずがない」

「もちろん、しないだろう。だが志多は六歳の子どもを連れていた」

三田村が葛をじっと見る。

「葛さん。あなたは、青戸が志多の息子を人質に取り、志多に被疑者を演じさせていると考えているんですか」

「充分に可能だ。志多に、時々ブラインドから顔を出せと脅すだけでいい。電話は青戸自身が取った」

「そんなことをしても逃げ切れるわけがない。志多も、その息子も、店内で何を見たか証言するでしょう」

「そうだ。青戸が逃げ切るには、志多とその息子に証言されては困る」

三田村は、葛の言葉を思い出す。——青戸は凶器を所持していると思われる。

「志多に水鉄砲を持たせたのも、志多を凶悪犯に見せかけ、あわよくば警察の手で志多を始末させたいからだろう。だがさすがに青戸も、そう上手く事が運ぶとは期待していまい。青戸はおそらく、自分の手で志多とその息子の口を塞ぐ覚悟をしている。事件が長引けば青戸は、追い詰められた志多が息子を殺して自殺したと言ってくるだろう。志多が青戸を返り討ちにしなければの話だが」

どちらがどちらを殺しても、人質事件の結末としては最悪である。

三田村は呆然とした。

「そんな馬鹿なことが……」

「追い詰められた犯罪者があがくのは、いつものことだ。もちろん、見た目通りの事件だって可能性も、ないわけじゃない。子供の誕生日にアレルゲン入りのパフェを出され、怒り狂った親が自暴自棄になっている。そうかもしれない」

葛は〈メイルシュトロム伊勢崎店〉を再度見上げる。

「だが……俺としては、青戸に留意することを勧めておく。俺だって六歳児の死体は見たくない。怪我をした同僚もな」

〈メイルシュトロム伊勢崎店〉の立てこもりは、発生からおよそ一時間後、午後四時二分に群馬県警捜査第一課特殊係ならびに銃器対策部隊が突入し、解決に至った。警察は被疑者について姓名を伏せ、これだけの重大事件で被疑者を匿名とした警察の対応には批判が集まった。午後八時四十一分、青戸勲が湯野有加里殺害容疑で逮捕された。逮捕の事実は午後九時からの記者会見で公開され、匿名の被疑者の、人質を取られて青戸に協力させられていたという供述も発表された。

志多直人は強要罪の容疑で書類送検されたが、不起訴となった。現場を指揮し、青戸逮捕のため早期の突入を申し出た三田村警部には群馬県警本部長賞詞が授与され、捜査第一課特殊係、銃器対策部隊にも本部長賞状が与えられた。

裁判の中で検察側は、青戸勲は湯野有加里に執拗に交際を迫っており、それを断られてカッとなったことが殺害の動機だと指摘し、犯行後の立てこもりも凶悪であるとして無期懲役を求刑した。弁護側は、湯野有加里は青戸勲に多額の金品を要求しており、それに応えられなかった青戸を湯野が侮辱したことが事件の原因だと主張し、情状酌量を訴えた。裁判は長期化の様相を呈している。

葛はしばらく各種動画サイトを注視していたが、鈴村照星が撮影した動画はどこにもアップロードされていなかった。志多直人は事件後しばらく出社を止められていたが、伊村警部の口添えもあってタクシー会社に復職した。

志多春太は事件の翌月、伊勢崎市立利根川小学校に入学した。まるで事件のことなど忘れてしまったように元気らしいと、後に伊村が葛に伝えた。

初出　オール讀物

崖の下　二〇二〇年七月号
ねむけ　二〇二一年二月号
命の恩　二〇二三年二月号
可燃物　二〇二一年七月号
本物か　二〇二三年七月号

法律的な手続きについて、
弁護士の今西順一先生にお検め頂きました。
深くお礼申し上げます。

米澤穂信（よねざわ・ほのぶ）

一九七八年岐阜県生まれ。二〇〇一年『氷菓』で第五回角川学園小説大賞奨励賞（ヤングミステリー&ホラー部門）を受賞しデビュー。一一年『折れた竜骨』で第六四回日本推理作家協会賞（長編及び連作短編集部門）を、一四年『満願』で第二七回山本周五郎賞を受賞。同作は「ミステリが読みたい！」「週刊文春ミステリーベスト10」「このミステリーがすごい！」の国内部門一位となり、史上初のミステリーランキング三冠を達成。翌年『王とサーカス』でもミステリーランキング三冠に輝く。二一年『黒牢城』で第一二回山田風太郎賞を受賞、さらに同作で二二年第一六六回直木賞、第二二回本格ミステリ大賞を受賞。また同作は史上初となるミステリーランキング四冠を達成。著書に『さよなら妖精』『春期限定いちごタルト事件』『ボトルネック』『インシテミル』『儚い羊たちの祝宴』『本と鍵の季節』『Iの悲劇』など多数。読書エッセイに『米澤屋書店』がある。

可燃物（かねんぶつ）

二〇二三年 七 月二五日 第一刷発行
二〇二三年十一月三〇日 第二刷発行

著　者　米澤穂信（よねざわほのぶ）
発行者　花田朋子
発行所　株式会社 文藝春秋
〒一〇二-八〇〇八
東京都千代田区紀尾井町三-二三
電話〇三-三二六五-一二一一
印刷所　TOPPAN
製本所　加藤製本
DTP　言語社

ISBN 978-4-16-391726-9
Printed in Japan